Tailwhisper
y la Sangre Roja

M. C. Arellano

Copyright © 2019 M.C. Arellano

Todos los derechos reservados.

ISBN: 9781688675407

Para Jesús, ese espíritu libre agraciado
con un saber estar natural, un alma bondadosa
y una creatividad fuera de lo común.

ÍNDICE

1	La Compañía de Quesos Libres	9
2	La factoría	21
3	Sangre roja	35
4	La Biblioteca Central	47
5	El museo de Londerra	57
6	Una burócrata	67
7	Naturaleza animal	79
8	Una rata mojada	89
9	Los prodigios de la civilización	99
10	Secretos en la oscuridad	109
	Sobre la autora	117

Tema 1: Londerra

Londerra es la capital de la Liga Verde.

En Londerra convivimos toda clase de animales tocados por la Chispa.

Somos de diferentes tamaños y formas.

Tenemos extremidades de muchos tipos.

Nos comunicamos entre especies con el plin.

Todos tenemos los mismos derechos.

Actividades

1. Haz una lista con todas las especies animales que conviven en tu aula.

2. Haz una lista de todos los tipos de extremidades que conviven en tu aula.

3. Pregunta a tus compañeros cuál es su lengua natural.

Educación social, Primer Grado.
Instituto de Educación Básica de Londerra.

1. LA COMPAÑÍA DE QUESOS LIBRES

Al nacer, le habían puesto Elizabetta, pero nadie que la conociera se atrevía a llamarla por su nombre. En la ciudad solían dirigirse a ella educadamente por su apellido, Tailwhisper. Sólo sus hermanos y algunos amigos cercanos tenían venia para utilizar su apodo, aunque únicamente en ciertas circunstancias: sin desconocidos delante, sólo cuando había tenido un buen día en el trabajo o si tras el vocativo se incluía una oferta de comida.

Elizabetta Tailwhisper se ajustó las pulseras de plata, más por costumbre que por necesidad, antes de abrocharse el chaleco de lana bordada en plata con el logo de la compañía en la espalda. La Compañía de Quesos Libres era muy respetada dentro de la Liga Verde y Tailwhisper se tomaba muy en serio su trabajo. A veces, cuando eres pequeña y tu voz apenas es capaz de alzarse, es necesario imponer respeto por otras vías. Al menos, había nacido con dedos, falanges y, a pesar de la ausencia de pulgares oponibles, podía abotonar prendas, escribir y agarrar cosas.

Lo último que hizo fue colocarse el pequeño sombrero de copa aterciopelado en la cabeza. Acababa de cambiarle la cinta. Lo sujetaba con las horquillas diminutas que habían empezado a comercializar en Minimoda hacía un par de temporadas. Su colega le había prometido que aquel día se desplazarían en carro, como está mandado, y no en uno de esos artilugios infernales a vapor que le dejaban siempre temblando los bigotes.

—Tenías razón —dijo su colega, que se trenzaba el pelo en el mismo espejo, tras Tailwhisper—. Mucho mejor con la cinta morada. La verde no termina de ir contigo.

Tailwhisper dejó escapar un ruidito agudo a modo de afirmación. A su colega la conocían como Daisy Cheese en su vida diaria y como Ms. Tombstone en el mundo académico. Llevaba años tras un ducado en Estudios Artísticos, pero no terminaba de congeniar con aquellos que debían abrirle las puertas a él. Tailwhisper la respetaba por eso y por sus habilidades culinarias. Los crudívoros no sabían lo que se estaban perdiendo.

Daisy metió la trenza en la redecilla y la aseguró con unas cuantas horquillas. Agitó la cabeza. Se colocó el sombrero y lo fijó con dos agujones. Tenía el ala corta, estaba pasado de moda y era uno de los mejores secretos que ambas mantenían como equipo. Tailwhisper podía saltar a él en cualquier momento, gracias al recio encaje de la cinta, cuyos huecos eran la escalera perfecta; tenía varios lazos discretos estratégicamente anudados para convertirse en asideros oportunos y, disimulada bajo el abultado lazo lateral, había una abertura en la que Tailwhisper podía esconderse si las cosas se complicaban. Por fuera parecía fieltro normal, pero tenía alma de acero; guardaban algunas galletas ahí y un poco de agua por si alguna inspección se ponía fea.

La Compañía de Quesos Libres alentaba búnkeres de ese tipo en sus equipos. Así, al menos uno de sus miembros tenía la oportunidad de sobrevivir si algún ungulado perdía la cabeza o algún renegado de la Liga Blanca aparecía en el camino.

Daisy se ajustó el despacho de Tailwhisper en el hombro izquierdo, bien visible. Allí, Elizabetta podía tomar notas y golpear el plin, la campanita de cobre cerca del oído de su colega, por si alguna información de importancia vital necesitaba ser transmitida inmediatamente y era demasiado compleja para condensarla en alguno de sus chillidos. Daisy entendía bien el Morse. Y tenía pulgares oponibles, lo que facilitaba bastante la vida de Tailwhisper.

Subió por la manga de su colega hasta el despacho y se ajustó el cinturón de seguridad.

—¿Cómo se llama el primer granjero? —preguntó Daisy.

—Rosamund Allegra —respondió Tailwhisper inmediatamente, en Morse, con su campanita—. Es la portavoz de la cooperativa.

—Debería ser sencillo —murmuró la humana.

La ratona se limitó a dejar escapar un bufido. Humana y roedora salieron por la puerta, dispuestas a afrontar otro día de inspección.

La calesa era pequeña, pero cómoda. Incluso tenía una radio, pero Tailwhisper le pidió que la apagase. La música humana no le importaba demasiado, pero no aguantaba la "tribuna pública" en la que leían las cartas de los oyentes. Escuchar a gente que hablaba sin tener idea sobre el asunto que trataban la ponía de los nervios.

La mañana era fresca, pero no tardaría en entibiarse. La primavera estaba en su apogeo y la vereda del camino que tomaron para llegar a la granja de Rosamund estaba llena de flores silvestres: amapolas, sobre todo. A Tailwhisper le estaba costando un mundo mantener su terraza limpia de las malas hierbas optimistas que habían brotado con el entusiasmo primaveral. Estaba deseando que le llegaran las vacaciones para poder dedicarse a ella todo el tiempo que le apeteciera, sin tener que robarle horas a nada más.

Daisy no habló durante el trayecto, sólo intercambió unas palabras corteses con el caballo que llevaba la calesa. Era marrón y le iba bien, o eso podía deducirse de las trenzas que llevaba en la crin, que no eran precisamente baratas. Aquello era un trabajo hecho con pulgares oponibles, seguro. Menos mal que la Compañía pagaba las dietas de transporte. Tailwhisper se atusó los bigotes regodeándose en no tener que preocuparse por el presupuesto.

La mismísima Rosamund Allegra las estaba esperando. Era una orangutana de pelaje lustroso, vestida con un sencillo —y carísimo— peto de trabajo que Tailwhisper reconoció como una de las prendas de Monas de Seda, una de las marcas con más prestigio en la ciudad. Tenían de todo para primates y acababan de sacar una línea para humanos. Dos de sus primos trabajaban en su factoría, rematando la ropa más exclusiva con pequeñas puntadas casi invisibles, así que Tailwhisper estaba basante bien informada sobre la moda simiesca. Una podía deducir mucho de alguien por lo que llevaba puesto, al menos en las ciudades de la Liga Verde.

Tailwhisper se relajó. La comunicación sería fluida. Daisy y Rosamund se saludaron mediante lengua de signos. Un ternero curioso la acompañaba.

—¿Es usted la señorita Rosamund Allegra? —preguntó Daisy, tras bajar del carro y dar las gracias al caballo.

—Así es —dijo Rosamund, con el acento florido de los largos dedos de los orangutanes—. Llámenme Rosamund, por favor. Deduzco que sois las inspectoras de la Compañía.

—Exactamente —dijo Daisy—. Ms. Tailwhisper será su inspectora hoy. Yo soy su asistente y puede llamarme Daisy.

Tailwhisper agitó la cola a modo de saludo. Rosamund asintió.

—Encantada de tenerlas hoy en nuestra lechería —dijo la orangutana—. ¿Procedemos?

La ratona tocó la campanita y Daisy asintió. La orangutana las condujo hacia el establo, donde esperaban tres vacas frisonas bien plantadas. Tailwhisper supo al momento que no tendrían problemas en aquella inspección. El ternero que acompañaba a Rosamund trotó hacia una de ellas, que sería su madre, soltando mugiditos emocionados. La mirada de aquellas vacas, sus pezuñas pulidas y la altivez de su pose correspondían a las de empresarias orgullosas, no de jovencitas desnortadas de provincias que no sabían lo que hacían.

La explotación de las productoras de leche era un delito muy grave. No sólo lo penalizaba la ley civil: cualquier lechero que fuese descubierto engañando a vacas u ovejas o sacándoles la leche contra su voluntad quedaba vetado en la Compañía de por vida.

Una de las vacas parecía especialmente arrogante. Llevaba un lazo turquesa al cuello. Tailwhisper indicó a Daisy que tenía que estirar las piernas y hacer algunas preguntas y Daisy alargó el brazo hasta una balda para que la ratona pudiera saltar por él. Llamó por señas a la vaca, que se acercó con la gracia de una bailarina ungulada. Rosamund dejó ante ella un plin de buena factura, aunque bastante usado. Ya le habrían cambiado la placa metálica varias veces.

Daisy dejó ante Tailwhisper el timbre de batalla. A las vacas solía dárseles bien el Morse. Seguro que ésta tenía acento pijo.

—Buenos días. Me llamo Tailwhisper y, como sabrá, vengo de parte de la Compañía de Quesos Libres para inspeccionar esta explotación. ¿Con quién tengo el placer de hablar?

A la primera vibración, Daisy se llevó a Rosamund fuera para el papeleo. Solía ser lo mejor.

—Me llamo Merryweather Black.

El casco de su pata delantera derecha impactó en el plin con contundencia, pero con fuerza calculada. No era una burda iletrada.

—Mucho gusto, señora Black. ¿Cuántas productoras hay en su lechería?

—Normalmente, dos —respondió Merryweather—. Sunny y yo misma. Mi hermana Flora acaba de tener un ternero y aún lo está amamantando, así que hemos planificado un aumento de producción para el próximo periodo de facturación. Rosamund tiene todos los papeles al respecto.

—¿Viven aquí? ¿Pueden contarme un poco la historia de la lechería?

—Sí, vivimos aquí las cuatro. Mi hija y la de Sunny antes también estaban aquí, pero se marcharon al conservatorio de Cambridge el verano pasado. De hecho, todo empezó cuando me quedé embarazada de mi hija. Producir leche es una salida honrada para una madre, si sabe dónde se mete. Sunny estaba en la misma situación. Conocíamos ya a Quesos Libres y decidimos unirnos. Encontramos a Rosamund en una agencia de Oponibles. Es toda una señora. Decidimos a quién vendemos, a qué horas ordeñamos y todo lo demás. La verdad es que nos está yendo bastante bien.

La ratona agitó la cola en asentimiento. Ojalá todas las visitas fuesen así de sencillas. De todas formas, la deformación profesional le hizo hacer otra pregunta.

—¿Y dónde sabe una madre honrada que se mete, si se me permite preguntar?

Merryweather mugió y Sunny también.

—Ya sabe —dijo, con cierto ímpetu de más, haciendo retumbar el plin—. Está mal visto en ciertos círculos. Esas ovejas asquerosas que no se esquilan han venido balando alguna vez a llamarnos cosas, esclavas de omnívoros y palabras que inventaron los humanos. Mis ubres, mis reglas. A mí no tienen que salvarme.

Sunny mugió otra vez, agitó la cola y golpeó con la pezuña derecha el suelo, produciendo una frase sorda en Morse que Tailwhisper pudo entender.

—Es a esas pobres cabras a las que tendrían que echar una pata.

—¿Cabras?

Las dos vacas se miraron.

—Fuimos de paseo a la vieja factoría hace un par de días. A mi sobrino le fascinan las ruedas y los tubos y de mayor quiere trabajar en la industria del vapor; quién sabe, con un simio adecuado igual podría convertirse en un buen ingeniero. Sunny insiste en que escuchó balidos de cabra.

—Sé lo que oí —insistió Sunny—. Ayúdelas.

La ratona musitó un "caca" inaudible para cualquiera que no fuese un roedor. Su visita tranquila se acababa de ir a la mierda.

Siempre era una ventaja que tu supervisor fuese de tu misma especie, o de alguna muy próxima. Mr. Philibert era una rata acicalada y pulcra que se pasaba la vida limpiándose el monóculo. Tailwhisper codiciaba su puesto en secreto, sobre todo por la ausencia de visitas a granjas, pero codiciaba aún más el poder retirarse y tener que dejar de tratar con personas.

Era un alivio no tener que depender de la dichosa campanita. A veces se pasaba tanto tiempo pensando en Morse que luego se entrecortaba al hablar. No quería ni pensar en cómo tendría que ser para Daisy, que se manejaba con tres canales.

—¿Que quieres montar una redada por la sospecha de una vacas? —preguntó Mr. Philibert, mirándola por encima del monóculo—. ¡Tailwhisper! ¿Se ha vuelto usted loca?

—No, no; lea el informe, por favor —gruñó la ratona—. Digo que, caso de que se confirmen las sospechas de las empresarias, habría que proceder con el protocolo de redada. Hay que confirmar primero.

—¿Y qué pretende hacer para confirmarlo? Si se presenta allí con su asistente y se encuentra a cuatro gorilas con unas pobres cabras secuestradas, no saldrá viva. Nos daría una excusa para intervenir, claro, pero creo que aprecia usted su cola.

—Hace un tiempo maravilloso, ¿no cree? —dijo la ratona, tras atusarse los bigotes—. Me encantaría hacerme algunas fotografías en la naturaleza. O, quizá, en algún sitio romántico, como las ruinas de un castillo o de una factoría. Mi asistente y su prometido tenían pensado hacer algo así, este domingo.

Mr. Philibert meneó la cola.

—Desde luego, es usted una intrigante. Sea. Tráigame un calotipo y montaremos una redada.

Tailwhisper agitó las orejas en asentimiento y salió de allí aguantándose la risa.

—¡Calotipo! —rio, ya fuera de su vista—. ¡Será carroza!

¿Tienes pulgares oponibles y ganas de trabajar?

¡Inscríbete!

Nuestra agencia es la más prestigiosa de Londerra. Proporcionamos asistentes psicomotrices a toda clase de clientes. Si tienes una habilidad especial, ¡esta es tu oportunidad!

100 % de colocación

¡Sueldos sin competencia!

¡Siempre buscamos personal!

Agencia La Precisión
Anuncio diario en *La Voz del Mamífero*

2. LA FACTORÍA

A decir verdad, las amistades entre especies eran un asunto peliagudo, especialmente si implicaban a humanos. Había algunos chuchos que no tenían reparo en ladrarte "¡Mascota!" si te veían por la calle con un humano, llenos de desprecio. Aunque los delitos de odio estaban tipificados, se perseguían poco. "Te tienen amaestrado" era algo que Tailwhisper había escuchado en más de una ocasión; un conejo había estado a punto de perder un ojo tras soltarle eso una vez.

Era un domingo estupendo. Daisy se había unido al plan con entusiasmo y su prometido también. Aware era uno de esos espíritus libres agraciados con un saber estar natural, un alma bondadosa y una creatividad fuera de lo común. Era también un entusiasta del queso; de hecho, Daisy y él se habían conocido en una cata pública, cuando la chica acababa de entrar en la compañía como azafata, antes de que Tailwhisper se percatara de su potencial.

Para ir sobre seguro, Tailwhisper había invitado también a Fèorag y a Lynx, dos ardillas que la Compañía había reclutado como agentes especiales a través de uno de los programas para rehabilitar a pequeños delincuentes. No eran más que pobres roedores de campo que no habían entendido las normas de convivencia de la ciudad. Se habían criado fuera de la Liga Verde, en territorio de la Liga Blanca, y les había costado bastante confiar en los humanos. Aún no habían conseguido entenderse del todo con los mustélidos, los cánidos ni los felinos. Mr. Philibert le había asignado a una de las cacatúas que estaban de guardia aquel día por si tenían que mandar algún mensaje urgente. La ratona ni siquiera se molestó en aprenderse el nombre del pájaro.

Fèorag, además, pertenecía al mismo grupo de aficionados a la fotografía que Aware, aunque él era de ferrotipo y ella era más de colodión húmedo. Era un plan perfecto.

Tailwhisper hizo el camino hasta la vieja factoría en el sombrero de domingo de Daisy, acomodada entre la organza violeta y la fibra trenzada, disfrutando del sol. Las ardillas habían preferido adelantarse, saltando de rama en rama, y la ratona casi se había dormido escuchando las gazmoñerías que la pareja de humanos se iba diciendo.

Había un prado florido ante la vieja factoría, lleno de hierba jugosa. No había duda de por qué las vacas habían querido ir a pasar la tarde allí. Fèorag le chilló que había encontrado un sitio perfecto para almorzar y varios encuadres interesantes, así que la ratona los dejó plantando el caballete y montando la cámara y se largó, campo a través, hacia la factoría. A cierta distancia, como habían acordado, Lynx la siguió.

No había ni un alma en la factoría. La ratona no podía ver a Lynx, pero eso era parte del plan. La magia de los agentes especiales era que siempre estaban ahí, pasando desapercibidos. Empezó a escuchar las risas estruendosas de Daisy y los gritos de Aware: "¡Más a la izquierda! ¡Levanta la barbilla!". Pronto empezarían a cantar.

Tailwhisper sintió rugir a sus tripas cuando pensó en la cesta con quesos que se habían traído para almorzar. El curado de leche de oveja era su preferido y el de Manchadas le gustaba en especial. Aquellas ovejas sí sabían lo que se hacían. Habían montado un emporio bastante respetable, entre la leche y la lana; podían permitirse contratar humanos para hacer el queso y para esquilarlas. Daisy había prometido dejarle un trozo.

Las paredes de ladrillo eran imponentes. Había servido para fabricar piezas de metal, vigas y repuestos y herramientas, hasta que un desgraciado accidente había hecho volar el techo del edificio y acabado con un tercio de los trabajadores. Llevaba ya más de un lustro en proceso de demolición.

La ratona encontró una enredadera oportuna que la llevó a una ventana rota. Atravesó el hueco íntimo en el cristal y entró en el desastre polvoriento que había sido la factoría.

Aún había hollín. No había ni rastro de ningún ser vivo; no había huellas a la vista en la capa de polvo, ni siquiera las de unas patitas pequeñas como las suyas, así que tuvo mucho cuidado. Se estaba pringando. Pensó en su bañera de agua caliente. Al saltar al banco de trabajo que había bajo la ventana, sus naricillas captaron un olor y estiró los bigotes y las orejas. Volvió a musitar "caca".

El rastro de un cadáver es muy fácil de seguir.

—Despejado —anunció Lynx en voz baja, saltando grácilmente por el polvo vetusto. Se había manchado el pelaje de hollín y telarañas.

—¿Hueles eso? —gruñó Tailwhisper.

—Sí.

Los ojos oscuros de la ardilla brillaban de furia. La ratona no había querido nunca preguntarle por su vida pasada en los bosques, pero ahora empezaba a sentir la tentación.

—Al fondo, ¿verdad?

—Eso me temo.

Ratona y ardilla avanzaron sobre el suelo desordenado. Había una pesada trampilla de metal al otro lado de la sala principal. Allí el polvo sí se había movido. Había huellas de chimpancé, pequeños cascos de cabra y zapatos. Quizá había algo más, entre tantas señales confusas.

No era la primera vez que Tailwhisper veía algo así. El rastro iba desde la trampilla a una puerta cerrada. Lynx la inspeccionó.

—¿Se puede abrir?

—Sí. El cerrojo venció hace mucho tiempo. Es demasiado pesada; quizá entre los dos humanos puedan empujarla hacia dentro.

La inspectora estornudó.

—El olor a cadáver viene del interior. Bajo la trampilla. Avisa a la cacatúa. Vamos a necesitar refuerzos aquí.

Tres.

Habían encontrado a tres cabras allí dentro.

Obviamente, la policía había tenido que intervenir. Dos perros, una gallina, un cobaya y un humano y una gorila en prácticas. El humano había vomitado. La gallina había inspeccionado los dos cadáveres con ayuda del cobaya. Los perros habían vuelto rápidamente a la ciudad con la tercera cabra en unas parihuelas improvisadas. Aunque tenía una pata rota, un golpe en la cabeza y la respiración débil y superficial, aún vivía.

Ojalá hubiera vuelto con las manos vacías. Ojalá sólo hubiera vuelto con un par de ferrotipos empalagosos de los humanos haciéndose arrumacos y Mr. Philibert se hubiera hartado de repetir "te lo dije" meneando su larga cola. Ojalá.

Tailwhisper entrecerró los ojos y contrajo los costados. No derramaba lágrimas cuando lloraba, pero podía sentir su respiración cortándose. Se sentía sucia e impotente. Una ratoncita pequeña e inútil que había esperado varios días para actuar.

Se había acurrucado otra vez en el sombrero de Daisy. El calor de su pecho sólo podía ser ira. Estaba agotada. Aunque Daisy había insistido en que se marchasen y le dejasen a las autoridades todo el asunto, el hecho de que uno de los perros hubiese encontrado un rastro indicaba que no estaba todo cerrado. Necesitaba esperar.

El sombrero de Daisy se agitó y Tailwhisper abrió los ojos. Entre la organza distinguió a Lynx, que había saltado al hombro de la humana. La pobre chica debía de sentirse como un perchero.

La ardilla le ofreció una pipa a la inspectora.

—Ten —dijo—. Come algo. Si prefieres queso...

—¿Me he quedado dormida? —murmuró la ratona.

—Sí. Las cacatúas van y vienen como si fuera esto el desfile de verano —dijo Lynx—. Hemos oído caballos, iban muy rápido.

—Han encontrado algo —dedujo de repente Tailwhisper, levantando las orejas. Dejó la pipa a medio comer y bajó por la organza hasta el otro hombro de Daisy. Seguro que había hecho algún agujero en la tela.

Después de un par de años trabajando juntas, había cosas sencillas que no necesitaba explicarle a la humana verbalmente. Daisy se agachó y apoyó la mano en el suelo, y Tailwhisper saltó por su brazo hasta la tierra húmeda. No le hizo falta buscar mucho para dar con la gallina y el cobaya.

—¿Qué habéis encontrado? —le espetó al cobaya. Sólo llevaba una pajarita que lo identificase como un agente de la ley.

—¿Perdón? —protestó el cobaya, con su acento gutural.

La gallina cloqueó tras ellos. El cobaya se puso tenso y soltó un chillidito. Tailwhisper no pudo evitar mirarlo con desaprobación.

—Exacto —dijo Tailwhisper, irguiéndose—. Soy inspectora de la Compañía de Quesos Libres, así que técnicamente tengo derecho a saber qué está pasando.

—La agente Freesalt ha pedido refuerzos y equipo médico —masculló el cobaya, sin apartar los ojos de la gallina—. Parece que han encontrado supervivientes.

La gallina soltó otro cacareo furioso. A veces resultaba más sencillo entenderse con un pollo cabreado que con roedores prepotentes.

—Oh, sí —asintió Tailwhisper, volviéndose hacia la gallina tras decidir que era inútil intentar comunicarse con el cobaya—. Por supuesto que representaré a la Compañía en este asunto. ¿Van a mandar a los supervivientes al hospital? ¿Con quién tengo que hablar para que me avisen cuando pueda ir a verlos?

La gallina cacareó con fuerza. Tailwhisper agitó la cola. Mucho mejor así.

Tailwhisper se sentía extrañamente expuesta en los eventos, cuando retiraban el pequeño escritorio del despacho que Daisy llevaba en el hombro. Había tenido que cambiar la cinta de su sombrero otra vez, por una de sobrio negro.

El coro de Ungulados de la Compañía balaba y mugía la triste balada acostumbrada. A Tailwhisper le había costado sólo un par de miradas que Milady Starry, la presidente, plantase el sello donde correspondía para considerar a Quesos Libres implicado en el asunto.

Un par de canciones para dos cabras anónimas eran lo mínimo que podían hacer. Que se presentase una inspectora —con una humana asistente, nada menos— hizo sospechar a los trabajadores del crematorio municipal que aquello era algo gordo.

Mientras esperaban el tranvía, Daisy compró un periódico a un lémur que canturreaba lo que parecía ser el último éxito de Bombonia, esa mona tan teñida, depilada y tatuada que uno no podía decir ya si era una babuina o una marioneta de piel con un tití dentro. Las ganas que le entraron a Tailwhisper de saltarle a la cara y arrancarle los ojos le confirmaron sus sospechas de que estaba llevando el asunto fatal. Respiró hondo y trató de concentrarse en el periódico que Daisy sostenía para distraerse.

Siempre había vivido en Londerra. No había conocido otra cosa. No tenía la más mínima intención de subirse a un barco y cruzar al continente a explorar el mundo donde la gente ni siquiera entendía lo que era la Liga Verde. Pero, a veces, como esa mañana, sentía todo el peso de la biología cayendo sobre su pellejo insignificante.

Echó una ojeada a la portada. *¿En qué creen los roedores?* era el titular que ocupaba buena parte de la página, junto a una fotografía de ese pedazo de imbécil que hacía a las marmotas avergonzarse de pertenecer a la misma especie que él. Abogaba por la independencia de todos los seres capaces de asir, abandonando "el bochorno de que tu salario dependa de abrochar los botones del chaleco de una vaca" para vivir en una utopía en la que roedores y primates llevasen una "vida mejor".

Le habría gustado ser una paloma para poder cagarse sobre la página. Basura. La Liga Verde funcionaba porque todos habían entendido que la civilización consistía en reprimir instintos; fundamentalmente, el evitar comerte a los demás. Las relaciones de interdependencia creadas a lo largo de los siglos aseguraban que las estupideces de una marmota iluminada que nunca había tenido que cavarse una guarida para pasar el invierno se quedaran en una anécdota jocosa, pero la idea de fondo empezaba a estar demasiado presente para el gusto de Tailwhisper.

Dejad a los inútiles atrás.

Aquel mundo del cual no se hablaba en la Liga Verde había sido así. El mundo aún era así en la mal llamada "Liga Roja"; no estaban organizados como para llamarlos nada. Los desalmados de la Liga Blanca funcionaban de forma parecida, por lo poco que ella sabía.

Los ungulados no podían aspirar a la sutileza o a la psicomotricidad fina. Los pequeños roedores no le importaban a nadie porque no tenían forma de hacer oír su voz. A la ratona le parecía tan obvio que para prosperar necesitaban ayudarse que una marmota hablando de individualismo le daba ganas de vomitar.

—Eh... ¿Mousie? ¿No quieres?

La ratona volvió a la realidad al escuchar el sisco de Daisy. Sostenía entre el índice y el pulgar un trocito de queso de Manchadas. Lo tenía delante de las narices. Tuvo ganas de darse cabezazos contra la farola que tenía detrás.

Cogió el tentempié y se lo agradeció sin palabras a la humana. Una ratona desconcentrada no iba a ser de mucha utilidad a la cabra y el chimpancé que quedaban vivos… Ni a los que podían no haber encontrado aún.

Devoró lo que quedaba de queso y tocó la pequeña campanita. Daisy asintió, dobló el periódico y echó a andar calle arriba, hacia el hospital.

Había una cacatúa enfermera sobre cada paciente. Vigilaban. Cuando llegaban los celadores o las otras enfermeras, con pulgares oponibles, podían transmitir toda la información necesaria.

Aquella parecía triste.

—Tardará en despertarse —les informó—. Le han administrado muchos calmantes y un sedante. Le rompieron todos los dedos de las patas delanteras y le sacaron varios dientes.

Tailwhisper miró los ojos cerrados del chimpancé. Con los dedos rotos, el pobre no podría comunicarse con fluidez durante un tiempo. Los especialistas como Daisy no eran tan abundantes como podía esperarse; entre los primates, casi todos se contentaban con la lengua de signos o confiaban en las cacatúas intérpretes.

—No queremos hablar aún con él, sólo saber si podemos hacer algo —dijo Daisy a la cacatúa. A veces, Tailwhisper no sabía si estaba empezando a desarrollar una conexión telepática con su asistente o si su lacónica colega y ella se parecían tanto que no hacía falta transmitirle lo que tenía que decir.

—Por él no sé, pero por mí sí —intervino otro enfermero en lengua de signos, tras llamar su atención con un chasquido de dedos; era también un joven chimpancé—. Encontrad a los hijos de vil camada que han hecho esto y machacadles el cráneo. ¿Venís de parte de la compañía?

—Todavía no —dijo Daisy—. Estamos en visita privada.

—Es un chaval, un adolescente —dijo el enfermero—. Casi le arrancan un pulgar. Dentro de lo que cabe, ha tenido suerte; la cabra se ha vuelto loca. Está tan traumatizada que cuando despertó le arreó una patada a mi colega y le saltó una muela. Si ve un humano bala e intenta cocear. Hemos tenido que pedirle el favor a otro paciente caprino para que intente tranquilizarla. Andamos muy cortos de personal ungulado —gruñó—. Y así pasa.

Tailwhisper saltó del hombro de Daisy a la cama del herido. Pobre chico. Se decía que los primates tenían la vida resuelta, con los pulgares oponibles; obviamente habían intentado torturarlo. Correteó con celeridad por la colcha y se detuvo junto a la mano del enfermo. Abrazó uno de los dedos, el que menos vendado estaba.

Cuando Daisy le ofreció la mano para volver a su sitio, Mousie se acurrucó en su palma durante unos instantes, alegrándose de no ser capaz de llorar.

El problema que se ignora hoy es la alimaña que te morderá el trasero mañana.

Proverbio mustélido.

3. SANGRE ROJA

El exoesqueleto hidráulico de la comadreja chirriaba. A pesar de lo populares que se habían vuelto las armaduras y demás aparatos últimamente, a Tailwhisper le seguían pareciendo unos cacharros infernales. Sus entusiastas los llamaban "mecas", quizá porque "aberrante engendro mecánico" era demasiado largo. Hasta Mr. Philibert acababa de comprarse una especie de robot de medio metro que controlaba mediante palancas desde un cubículo donde debería ir la cabeza, pero aquello no tenía nada que ver con lo que llevaba la comadreja.

—¿Entonces? —bufó. Intentó controlarse. El lugar que ocupaban los mustélidos en su alma estaba demasiado cerca del que ostentaban los felinos.

Tailwhisper no tenía muy claro que tuviera permitido estar allí, pero se había presentado en la comisaría con aires de tener todo el derecho a pasearse por donde la diera la gana. Había dejado a Daisy en la sala de espera y se había escurrido entre las patas de un perro altanero. Ser pequeña le había proporcionado basante ventaja. No le había costado mucho encontrar dónde se hacían los interrogatorios ni acurrucarse en una maceta, donde nadie había reparado en ella.

Parecía que se le había acabado la suerte.

—Sin sentidos. Es todo lo que dicen. Sinsentidos. Les hago "¡plof!" así en el morro y se ríen así, mirando para allá. Y luego murmuran, murmuran. Locos, te digo, ratona.

Tailwhisper se frotó el hocico con desesperación, sin poder contenerse. Estuvo a punto de arrancarse un par de bigotes. Aprende idiomas, decían. Nadie le había advertido que tenía a contrapartida de ser capaz de entender las estupideces de otras especies en todo su esplendor. Aunque siempre era una ventaja saber cuándo intentaban matarte.

—¿No han dicho nada más? ¿A quién proveen? ¿Qué hacían con los prisioneros?

Los pistones de las piernas metálicas de la comadreja dejaron escapar un poco de vapor mientras desconectaba los engranajes.

—Nada. De nada. No me han dejado hacer nada de lustre, ni sangre, ni marcas, ni nada. Casi sólo mirar.

La comadreja parlanchina salió del exoesqueleto estirando las extremidades. Bostezó. Tailwhisper se llevó la mano a la cabeza para asegurarse de que el sombrero seguía en su sitio. Musitó una despedida seca y corrió hacia la otra puerta, por la que la gallina al cargo de la investigación acababa de salir.

Detrás de ella, el cobaya trotaba intentando reprimir uno de los molestos ruidos con los que su especie se comunicaba. Tailwhisper sintió cómo se le crispaban los bigotes. Intentó tragarse sus prejuicios y le dirigió la palabra.

—¿Algo que compartir, inspectora?

La gallina cloqueó. Qué tristes parecían los ojillos de aquel ave y qué amenazante el pico. Le dedicó una mirada de soslayo al cobaya y él se alejó, bastante cabreado por lo que sus hipidos daban a entender.

La gallina retrocedió dos pasos, hasta un pequeño plin junto a la pared. Ambas podrían usarlo. Tailwhisper meneó la cola con satisfacción.

—¿Qué hace usted aquí, inspectora? —dijo la gallina, en vez de saludar.

—Me intereso en los avances del caso —dijo la ratona, quizá con más sequedad de la prudente.

—Sangre roja —dijo la gallina. La ratona intentó recordar su nombre. No quería meter la pata.

—¿Qué?

—Es lo que repite. Sangre roja.

Cuando se había enterado de que los perros habían pillado a un humano huyendo de la factoría había sentido erizarse todo el pelo que la cubría. A cualquiera se le encogían las tripas al lado de un gato, pero incluso los gatos temían a los primates y, sobre todo, a los humanos. Su cerebro funcionaba raro.

—¿Tiene algo que ver con la Liga Roja?

La gallina cloqueó e hizo amago de rascar el suelo con la pata, así que también estaba nerviosa. Tailwhisper admiró la paticura pulida que llevaba, en tonos sobrios y crudos, y se alegró de haber elegido el sombrero nuevo esa mañana.

—Allí no saben ni hablar. No lo creo; por ahora parece otro demente de esos que persiguen conejos para meterlos en una sartén. Me preocupa más quién está detrás. Diría que es sólo un matón.

—Con los humanos nunca se sabe.

Se dio cuenta demasiado tarde de lo que había dicho. Ni siquiera todo el tiempo con Daisy le había podido quitar el recelo que sentía.

—¿Siempre envían a inspectores a seguir las investigaciones? —preguntó la agente.

—No. Hoy tengo el día libre —respondió Tailwhisper—. Tengo interés personal en que este asunto se aclare. La Compañía también, por supuesto.

—¿Qué interés tiene la Compañía en todo esto? —preguntó la gallina.

—Todo —dijo Tailwhisper—. Para esto precisamente estamos los inspectores. No aceptamos queso hecho con leche robada. No aceptamos explotación de ningún tipo a nuestras proveedoras. En estos casos, nos presentamos siempre como acusación particular.

—En ese caso, inspectora, le aconsejo que se limite a seguir la política de la Compañía, a ser acusación y nos deje la investigación a las fuerzas del orden —dijo Freesalt, golpeando con menos fuerza el plin—. Lo que sí está claro es que esta gente es peligrosa; utilizan la violencia de forma brutal y no les importa torturar con tal de conseguir lo que quieren. Cuando digo que es un demente no uso el término a la ligera.

—Un demente es una cosa —replicó Tailwhisper al instante—. Lo que me preocupa es que sean muchos dementes organizados.

—Ya —dijo la gallina—. A mí también.

—¿Estás bien? —fue lo primero que le preguntó Daisy, tras ofrecerle la manga para que subiera hasta el sombrero. Al tratarse de un día libre, no podían montar el despacho.

Tailwhisper no tenía campanita en el sombrero, así que no le contestó. Daisy no volvió a preguntar, pero le ofreció pipas; Tailwhisper se entretuvo abriendo las cáscaras, aunque le iba a dejar el ala del sombrero perdida. Le resultó difícil tragárselas. Su estómago parecía recordar mejor que su cerebro la visión de las cabras y el olor de la sangre. Se acurrucó durante todo el camino, intentando no pensar.

Al volver a casa, tras despedirse de Daisy, lo primero que hizo fue quitarse el sombrero y dejarlo en su percha, después de quitarle la cinta negra. Echó directamente a lavar los guantes y puso las zapatillas en remojo. Al tirar de la cadena que llenaba de agua el pilón que tenía en su cuartito de baño, sintió dolor en los hombros. Se dio cuenta de que tenía las patas delanteras agarrotadas.

Iba a dormir fatal, seguramente.

Se enfadó. A decir verdad, ya estaba enfadada; llevaba intentando controlar la ira desde el descubrimiento infausto de la factoría. Había intentado canalizarla en hacer algo útil, pero parecía que ni eso era posible. La impotencia se la comía con mucha más facilidad que ningún otro sentimiento, así que decidió que si no había nada que estuviera en su mano tendría que inventárselo. No podía desquiciarse ahora. Tampoco podía mirar para otro lado.

Se desnudó del todo y se acurrucó en la cama. Bajó un poco la luz de gas y colocó en el girarrollos el primer rollo de la última novela de Amber que se había comprado. La ficción no tuvo el efecto habitual. Apenas fue capaz de darle un par de vueltas a la manivela antes de empezar a mirar al papel sin verlo.

Papel.

Otro demente.

Se atusó los bigotes y se acurrucó, haciéndose una bolita, para dormir. Ni siquiera se molestó en apagar la luz de gas. Ya sabía por dónde empezar a buscar.

Se alegró de haberse pedido un par de días libres para "recomponerse" de lo que habían encontrado en la vieja factoría. Se alegró todavía más de haberle dicho a Daisy que no iba a necesitarla aquella mañana. Para ciertas cosas le hacía falta toda la intimidad posible, incluso si eso significaba cansarse el triple, tener que usar los subniveles y ver Londerra desde los ojos de un pequeño roedor otra vez. Tampoco le venía mal recordar lo que era. Cualquier día, a los primates y a los cánidos podían aflojárseles las tuercas y decidir, como esa marmota imbécil, que los más pequeños y débiles estorbaban.

Tailwhisper habría preferido que su vida fuese un poco más lírica. Menos burocrática. Más amanecer y atardecer y menos hora de levantarse y acostarse.

Se puso las zapatillas de suela gruesa y los guantes de palma doble. En lugar del sombrero nuevo, eligió un gorro algo más viejo, morado brillante. Era el que mejor se le ajustaba; tenía aberturas para las orejas y no picaba. El chaleco que escogió era de algodón teñido, de color blanco, aunque parecía amarillento al lado de su pelaje. Decidió no ponerse ningún lazo en la cola; se pondría perdido si tenía que andar por los subniveles.

Salió de casa con una mezcla de excitación y fastidio, casi como al comienzo de cada curso en la universidad.

Caminar por Londerra no era algo que tomarse a la ligera. Los subniveles, las pasarelas más o menos estrechas que seguían el trazado de las aceras a una cierta altura, permitían que las criaturas como Tailwhisper pudieran pasear entre seres de su mismo tamaño y evitar el susto de que pudieran pisarte en cualquier momento. Como las aceras, estaban limpias según el barrio en que te movieras. Al menos, Tailwhisper sólo tendría que cruzar unas pocas calles del distrito central para llegar a su destino.

Hacía un día precioso. La ratona casi se sintió culpable de disfrutar de los rayos del sol y de la temperatura fresca. El erizo que tenía como vecino de abajo la saludó mientras subía al subnivel, agitando una pata delantera. El pobre parecía siempre ir pidiendo perdón por existir.

No solía estar en la calle a esas horas los días laborables, así que se paró en algunas plataformas sólo para ver pasar a la gente. Para imaginar los problemas que podía estar escondiendo esa gansa de sombrero estrafalario y tatuajes en el pico. Qué podía llevar a esos tres gatos a caminar juntos, descalzos, por la acera. A dónde irían ese humano y su cachorro de andares torpes.

—¿Señorita Tailwhisper?

Se giró para saludar a Mr. Philibert. La rata iba de punta en blanco, con sombrero de copa y chaleco de seda.

—Buenos días, Mr. Philibert.

La mirada de la rata intentaba ser neutra.

—Me he pasado por su casa para ver qué tal seguía —dijo su jefe—. No estaba. Su vecino me ha dicho que había salido a dar un paseo.

Tailwhisper se preguntó cómo su lacónico vecino había sido capaz de articular una frase entera en el plin.

—Necesitaba que me diera el aire —dijo Tailwhisper, arrepintiéndose de haberse quedado mirando al tendido.

—Mire, después de este incidente —dijo Mr. Philibert— quizá usted prefiera quedarse en la oficina durante un tiempo.

—No —respondió Tailwhisper. Empezaban a picarle las orejas. —Volveré al trabajo mañana, por supuesto. Tengo que visitar una lechería en Morphilg.

—Como quiera, señorita, como quiera —dijo Mr. Philibert—. Me alegro de que se haya recuperado tan rápido. ¿Qué va a hacer con su día libre?

—Voy a la biblioteca —dijo la ratona. Deseó con todas sus fuerzas que a su jefe no se le ocurriera ofrecerle compañía.

—Oh, muy buena idea, la cultura siempre es un bálsamo. ¿Va a buscar más rollos de esas novelas que tanto le gustan, las de Ambrosia?

—Amber —corrigió Tailwhisper con un gruñido, casi sin pensar—. ¿No cree, Mr. Philibert, que la Compañía debería implicarse un poco más en este asunto?

Se arrepintió otra vez. Su jefe se frotó el morro.

—Es mejor dejar estas cosas en manos de la policía, señorita Tailwhisper —dijo la rata, tajante. De repente, parecía tener mucha prisa—. Perdóneme, he dejado el meca mal aparcado. Buenos días.

Tailwhisper echó a andar rápidamente en cuanto su jefe se volvió. Llevaba el dichoso cacharro hidráulico a todas partes. A la ratona no le apetecía escuchar el ruido horrible de los pistones, así que se apresuró para intentar llegar a su destino cuanto antes. Ni siquiera tuvo cuidado de no mancharse la cola.

Amber contra garras y colmillos: una hámster contra una amenaza atroz

La última aventura de Amber está a la altura de las primeras entregas de la saga. No sólo combina la emoción de una historia nueva por descubrir con reflexiones sagaces sobre los problemas a los que se enfrenta la roedora de hoy, sino que además incluye los toques exóticos de un viaje por los peligrosos territorios de la Liga Blanca.

Para los lectores que se adentren por primera vez en las andanzas de Amber, se trata de una hámster dorada que abandona la universidad para perseguir su sueño de abrirse camino en el mundo de la música, pero nada es como había imaginado: ni el mundo de la farándula ni su propia familia. Este es el noveno volumen de sus aventuras, en el cual sigue la pista de sus antepasados hasta los territorios donde aún se corre el peligro de ser devorado por un depredador, en busca de la verdad sobre ella misma y sus extrañas habilidades.

Los fans de la saga encontrarán en *Amber contra garras y colmillos* muchas respuestas a interrogantes que han ido apareciendo en los últimos libros, sobre todo desde *Amber y los túneles místicos*. Desde este periódico animamos a todos ellos a que lean y descubran por sí mismos lo que esta historia tiene que ofrecer.

10/10

Stephan Longclaw
Reseñista de Libertad Natural
Número especial del Solsticio

4. LA BIBLIOTECA CENTRAL

Lo bueno de la Biblioteca Central era que estaba clasificada por tamaño de lectores. Como en casi todos los oficios que requerían cierta psicomotricidad fina, los primates copaban los puestos de asistentes de lectura; habían tenido algunos problemas cuando se habían empezado a instalar las nuevas máquinas, arguyendo que les iban a "quitar el trabajo"

Por suerte, la hemeroteca estaba bien organizada y sabía, más o menos, cuándo había leído aquello de la sangre roja.

Como la mayoría de los roedores, Tailwhisper entraba en la categoría de la doble P: pequena, presa. Ahora los llamaban "Criaturas de Necesidad Especial", como para obviar el hecho de que medio Londerra se la comería si de su genética dependiera o la pisaría por puro descuido. Su madre siempre decía que era mejor llamar a las cosas por su nombre, no fuera a ser que se olvidara lo que eran. Las leyes que hacían obligatorias la instalación de rampas, los plin de timbre y demás cosas de sentido común parecían no ser suficientes para algunos, como esa marmota imbécil.

Tailwhisper se negaba a entrar primero, a tener prioridad en los trámites administrativos y, en general, a que la tratasen como si fuese inferior. Eso sí; si en alguna parte no había rampas o plines, le faltaba tiempo para rellenar quejas formales, ir a echarle la bronca a la gerencia y poner en evidencia la injusticia de la situación. La biblioteca era uno de esos lugares donde no tenía que pedir ni permiso ni perdón; tenía sus rampas, sus plines institucionales y sus salas para cualquier tamaño de lector, donde incluso los plantígrados podían repatingarse en los asientos sin que nadie les acusara de estar ocupando más espacio del que les correspondía. Había rollos para P1, encuadernaciones para prensiles, esos cacharros carísimos para que los que no aspiran a la psicomotricidad fina puedan hacer avazar el rollo sólo pisando una palanca, los libros con cintitas en cada página para que la gente con pico lo tenga fácil. Había obras en veinte tamaños de letra distintos. Allí se tenía en cuenta a todo el mundo.

Era un refugio y un paraíso. El mejor lugar de Londerra.

Tailwhisper se dirigió directamente al mostrador de la hemeroteca. No solía haber mucha gente allí. La funcionaria que la atendió era una gata que lucía el chaleco de la biblioteca como si se tratara de un collar de diamantes. La inspectora se tragó sus prejuicios y le pidió, tocando el plin con mucha educación, la ubicación de los periódicos del día del solsticio del año anterior, en rollo de P1, gracias. La gata asintió.

—Sección K65. Al final de cada sección hay un portarrollos. Si necesita… —empezó a recitar, con ritmo monótono, en el plin.

—Gracias, soy usuaria habitual —interrumpió Tailwhisper. La gata dejó escapar un maullido de alivio y luego le deseó un buen día.

Así le gustaban a Tailwhisper las interacciones con desconocidos. Breves y útiles.

Dieciséis rollos después, encontró algo parecido a lo que estaba buscando. La polémica en torno a un reportaje fotográfico que se había hecho en tierra hostil, en terreno de la Liga Roja. Un grupo de progenitores se había cabreado porque sus tiernos retoños se habían visto expuestos a "explícitas imágenes de la barbarie" y ellos se habían visto, a su vez, obligados a explicarles que antiguamente la gente se comía a otra gente y los humanos hacían... Todo eso que hacían los humanos. Se quejaban de tener que hurgar en un pasado abyecto. De que los pobres niños se enterasen de la verdad. El colegio les había dado la razón.

Recordaba haber leído aquello y de haber comentado con Daisy lo absurdo del concepto. Las "verdades que es mejor ignorar" y toda esa sarta de despropósitos de los cobardes. Un par de rollos después, encontró lo que buscaba: un zorro se enfrentaba públicamente al colegio, al considerar que querían "esconder y denostar el pasado glorioso de los depredadores y verter vergüenza sobre la sangre roja". Cada rollo posterior incluía referencias cruzadas a la sangre roja, declaraciones sacadas de quicio, crudívoros riéndose de los que necesitaban carne para no morirse, defensores de los escarabajos…

Hasta llegar a la noticia del crimen.

Tres jóvenes conejas muertas, potencialmente torturadas y a medio devorar habían aparecido en el canal del barrio húmedo. Lo habían llamado "el crimen de la Sangre Roja" y media ciudad acusaba a la otra de cometer el crimen para poder acusar a la parte contraria de haberlo perpetrado. Al final habían detenido a un zorro y con eso se había contentado la opinión pública, que ya podía alabar o denostar lo que se había hecho, pero ya se había hecho algo.

Sí, definitivamente había más de un demente.

Antes de salir, se llevó en préstamo la última novela de Amber. Ya que estaba en la biblioteca, había que aprovechar.

Le dolía la cabeza cuando llegó a casa. Cuando leyó el mensaje, aunque no se le pasó, hizo como si no le doliera. Había cosas que hacer.

Daisy la estaba esperando.

—He traído cosas para comer —dijo su asistente. Se agachó para que Tailwhisper pudiera subir por su manga. —¿Quieres el plin?

Tailwhisper meneó la cabeza afirmativamente al subir a la mano de la humana y se quedó allí. Daisy se sacó un plin del bolsillo y lo dejó en su mano.

—He estado en la biblioteca —dijo Tailwhisper, cansada—. Ya sé dónde había oído lo de la sangre roja.

—Le he dicho a Mr. Philibert que nos había llegado un mensaje de emergencia por una partida de leche contaminada y que necesitaba que te reincorporases —dijo Daisy—. Tendrás que inventarte un informe. Lo siento.

—A ti no te gusta saltarte las reglas —dijo la inspectora.

—Técnicamente... La señora Black dijo que podíamos contar con ella como excusa para cualquier cosa relacionada con las pobres cabras. Creo que se les cayó un pendiente en un cubo de leche o algo así. Ya que estamos allí...

—¿Quién te ha dicho que la policía ya se había ido de allí?

—Lynx. Tiene amigos en todas partes.

El transporte era el mismo que las había llevado a la granja de Rosamund, así que nadie hizo intención de encender la radio. El conductor hasta la saludó con un "buenos días" haciendo repicar sonoramente su casco delantero derecho contra el pavimento. Aquella muestra de respeto le gustó. Los caballos no eran conocidos por su locuacidad y normalmente se limitaban a asentir, a mirarte mal y a darte el presupuesto con brusquedad, según fuese la situación. También estaban, como los homínidos, encasillados en unas pocas actividades: transporte y trabajos de fuerza. En ese punto, Tailwhisper sí estaba de acuerdo con algunos de los colgados que predicaban la "naturalidad": aún se hacían las cosas como las habían hecho los humanos. El resto de los animales de sangre caliente habían heredado sus prejuicios y sus estupideces, como las diferencias entre machos y hembras a la hora de vestir, y sólo en los últimos tiempos empezaban a desligarse de la que se había considerado siempre la raza superior. Aunque también habían adoptado aquello de que todas las personas son iguales ante la ley, desde el gorrión más estúpido al rinoceronte más bruto, y aquello de las leyes y la justicia y la convivencia y la civilización.

Y las bibliotecas.

Separar las cosas buenas que habían desarrollado los humanos de las tonterías supinas a las que se agarraban seguía siendo un trabajo arduo.

La inspectora se había acomodado en el ala del sombrero de Daisy, por si el despacho de su hombro llamaba demasiado la atención. No tenía plin allí para poder hablar con ella, pero estaba demasiado cabreada como para mantener una conversación con nadie. Se limitó a aceptar los trocitos de queso que la humana le iba pasando y a pensar, camino a la factoría.

En los primeros días de la Chispa, habían sido los primates con el lenguaje de signos y los pájaros capaces de articular su voz los que le habían comunicado a los humanos que eran capaces de, bueno, pensar. De que eran conscientes. A Tailwhisper le gustaban bastante las obras de teatro en las que Charles el Chimpancé le dice por primera vez a su dueño "eres cruel" y el dueño intenta romperle las manos para que no pueda contarle a nadie más las atrocidades que comete, pero Charles le parte el cuello y se entrega a las autoridades, y entonces viene el juicio, y Charles demuestra que sabe contar y discurrir y termina de convencer al jurado humano de que es una persona cuando inventa una historia sobre libertad.

Tailwhisper sospechaba que, aunque sólo Charles hubiera pasado a la historia, habría habido muchos como él, muchos silenciados ante el pasmo de los humanos. El derecho al lenguaje verbal había tenido que ser consensuado: *todos los seres tocados por la Chispa, los de sangre caliente, tendrán derecho a aprender un lenguaje verbal para poder comunicarse y hacer oír su voz.*

Qué imperfecto e injusto era todo todavía. Al menos ahora eran conscientes. Al menos ahora podían hacer algo para remediarlo.

La obra inmortal del genial Borondone se presta, como las grandes cumbres del arte, a recibir más de una lectura. Desde la mortalidad a la diversidad, pasando por el peso del pasado y los pecados de nuestros antepasados, su tapiz no deja indiferente a ningún espectador.

Historia General del Arte, Vol. II
Ediciones Veladas

5. EL MUSEO DE LONDERRA

La trampilla se había quedado abierta después de que la policía lo fotografiase todo. Al bajar por la escalera, Tailwhisper empezó a sentir arcadas y pensó en lo afortunada que era Daisy de tener el olfato obtuso de una humana. Allí aún quedaba un tapiz de olores terribles, aunque desvaídos; miedo, orín, sudor de varias especies.

Sangre.

—¿Cómo bajarían por aquí a las pobres cabras? —murmuró Daisy. Era una escalera vertical.

Tailwhisper no contestó. Se lo estaba imaginando. Parecía que podía verlas balando desconcertadas antes de impactar contra el suelo, de hacerse daño, de romperse una pata o dos. Las argollas de la pared aún tenían las cadenas enganchadas; los cepos de los extremos tenían pinchos hacia dentro.

—Ahí —pidió Tailwhisper.

Daisy se agachó y apoyó el brazo en el suelo. La inspectora bajó a saltos por la manga de lana y tuvo que reprimir una náusea al poner las patas en aquel infecto suelo. Menos mal que había tenido la precaución de ponerse guantes y zapatillas. Aunque desde ahí abajo no podía comunicarse con su asistente, casi lo agradeció. Respiró hondo y soltó un taco.

—Eh. Eso lo entiendo —dijo Daisy desde arriba.

Tailwhisper se sintió mejor al notar cómo se relajaba. A veces se le olvidaba que no estaba sola en aquello.

No sabía muy bien qué estaba buscando, pero lo encontró enseguida. A la altura de la cabeza de un lobo, en varios lugares de la pared, un par de líneas rectas y tres cuartos de circunferencia se cruzaban, trazados en un rojo desvaído. Esperaba que fuese pintura barata. Su memoria no la estaba engañando: los había visto cuando encontraron a las víctimas, casi sin reparar en ellos. Le resultaban familiares. Pegó las orejas a la cabeza y se preguntó dónde los había visto antes. Se giró hacia Daisy, que se agachó otra vez para que la ratona pudiera subir por su manga hasta el plin.

—Nos volvemos a Londerra —dijo Tailwhisper, a golpecitos apresurados—. El museo cierra tarde hoy.

Atravesar el barrio húmedo no era tan asqueroso como podría haberlo sido unas décadas antes. Si bien sus habitantes seguían manteniendo la costumbre de ir desnudos, las canalizaciones y la renovación de las corrientes de agua habían hecho milagros con el olor. Aún se lo consideraba un lugar poco recomendable, pero Tailwhisper no tenía qué temer desde el sombrero de Daisy. Se decía que las nutrias eran muy poco civilizadas y que los patos nacían con dientes, pero por ahora no se habían comido a nadie. Cuando alguien aparecía muerto, lo que les interesaba es que el cadáver pudiese verse bien; que sirviera como amenaza, que pasaran un par de días antes de que nadie se atreviese a retirarlo y a hacerle un funeral en condiciones. Al menos, así, había sido antes. La presencia policial y las escuelas habían disminuido bastante la atmósfera de terror del lugar.

El museo también había contribuido.

Aquel edificio enorme había sido un almacén. Todo lo que llegaba por los canales acababa allí, cuando aún se usaban los canales para transportar mercancía. El tren había cambiado las reglas del trasporte, así que aquellas estancias distribuidas racionalmente fueron abandonadas y ocupadas por todos aquellos que preferían comunicarse con olores en vez de con palabras. La alcaldesa Starclaw los había puesto a trabajar a cambio de pescado fresco y poco a poco habían entendido la utilidad del lenguaje abstracto. El hambre aplacada hacía milagros.

Lo llamaban el museo de los patos, pero su nombre oficial era Museo de Arte y Expresión Plástica de la Liga Verde. Había de todo, aunque predominaba la escultura. Siempre eran curiosas de ver las pinturas de los humanos preocupados por retratar la realidad tal cual, como si ella misma no fuese suficiente. En sus visitas previas, Tailwhisper había disfrutado de los murales de Ermengarde Windblow, la cisne que se dedicaba a arrancarse las plumas, teñirlas y crear atardeceres sobre paredes enteras. También le habían llamado la atendión las paredes llenas de arañazos de los plantígrados anónimos, las esculturas de barro de las golondrinas y los humanos de mármol, tan parecidos a sí mismos, tan puliditos y tan vacíos de vida que le daban pesadillas.

Aunque tenía el impulso creativo de un muro de adobe, Tailwhisper adoraba el arte. Le parecía alquimia, una magia ignota que admirar desde fuera, y no quería que nadie le estropease la ilusión rebelándole el truco. Para ella, todo aquello era un misterio, como la música. Cada vez que alguien intentaba explicarle cómo se hacía o animarla a que lo hiciera ella también, se ponía a la defensiva. Prefería seguir estremeciéndose ante lo sublime, lo inexplicable, los milagros de belleza o emoción que se presentaban ante ella, disfrutarlos en lugar de analizarlos. No entendía a aquellos que, como Daisy o Aware, se enzarzaban en conversaciones eternas sobre las tripas de las obras de arte, dejando expuestos sus entresijos sin la menor consideración.

No le apetecía nada tener que acudir al museo por un asunto como aquel y mancillar futuras visitas con el recuerdo de lo presente, pero parecía que no quedaba más remedio.

Cruzaron uno de los puentes sobre los canales. Por debajo, dos patos y varios roedores pequeños se afanaban en lo que parecía una clase de natación. Tailwhisper recordaba las suyas. Agitó los bigotes con nostalgia mientras caminaban, sin saber muy bien si preferiría seguir siendo una cría inocente a la vista de los horrores con los que se estaba viendo obligada a bregar durante los últimos días.

El arte contemporáneo era tan transgresor como desagradable. La obra estrella del museo, el *Tapiz* de Borondone, presidía la primera sala como un inmenso mosaico de pelo, pelaje, lanas y plumones, ante al menos dos grupos escolares que miraban muy atentos a la orangutana que movía locuaz las manos explicándoles cuánta suerte tenían de haberlo pillado sin restaurar, porque siempre había algún trocito descomponiéndose y había que restaurarlo. La mitad de los materiales originales de la obra habían tenido que ser sustituidos, siempre respetando la idea original de Borondone sobre el color y la textura de cada clase de cobertura corporal. Había allí pegadas partes de cuarenta y siete seres distintos, todos ellos tocados por la Chispa, que habían donado a Borondone su lana o su pelo de forma desinteresada. Algunos documentos de donación estaban expuestos en una vitrina, al otro lado de la sala.

Todo el mundo acababa teniendo que hacer un trabajo de Borondone y su *Tapiz* en algún momento de su etapa estudiantil. Casi todo el mundo le acababa cogiendo un asco tremendo. Daisy atravesó la sala a buena velocidad, para el alivio de Tailwhisper. Dos rampas, una sala a la izquierda, otra rampa y una puerta cerrada: ese era el camino a la sala de arte antiguo. Daisy empujó la puerta. Tailwhisper tuvo que parpadear varias veces para acostumbrarse a la luz tenue.

Entonces, lo vio. Aporreó la campanita sin miramientos y Daisy se detuvo.

Ahí estaba. Deforme, asimétrico, como salido de una pesadilla abyecta. Rojo. Rojo brillante. Al menos era rojo. Cualquier tono de marrón oxidado podría haber dado la sensación de ser sangre vieja, seca e incapaz de defenderse.

Origen, de Anónimo. No era más que un cacho de muro arrancado de un "lugar desconocido", según la cartela. La ratona lo miró durante varios minutos, con el corazón latiendo tan rápido como borboteaba su ira. Sacar el pasado de los museos, donde se estudia, para idolatrarlo de forma corrupta en el presente, donde se tergiversa, le daba náuseas. El pasado era un asco. La gente se devoraba entre sí, lejos de la Chispa. Los humanos la utilizaban para matarse entre ellos y esclavizar a los demás. Nadie en su sano juicio podía mirar aquello y querer que volviese, pero el mundo está lleno de locos.

—Una pieza curiosa, ¿eh?

El tintineo del plin sobresaltó a Tailwhisper. En uno de los puestos de vigilancia de la sala, una oveja con la gorra de los empleados del museo acababa de usarlo para hacer ese comentario. La ratona le dio un golpe a su campanita y Daisy se agachó para que Tailwhisper pudiera acercarse a hablar con la ungulada. El plin que tenía con ella era de los institucionales, con poleas y botones de varios tamaños.

—¿Qué significa exactamente? —preguntó, sin saludar siquiera.

La oveja baló bajito. Era una de esas ovejas de piel negra y lana blanca, que llevaba cortada en un peinado clásico de los que podía arreglase por sí misma.

—No significa nada —dijo, con el plin—. Todavía. Lleva aquí miles de años sin molestar a nadie y en cuanto una panda de desalmados se lo apropie habrá que quitar cuadros y arrancar frescos, sólo porque a cuatro pirados les ha dado por imponerle un significado nuevo. Ya nos pasó con el redondelito con la pata de ave.

Tailwhisper se apartó un poco. En la gorra de la oveja pudo leer "Lotaria". Con una sola frase, se había ganado al menos su simpatía.

—Me llamo Elizabetta Tailwhisper y necesito saber cosas de esos rayujos —dijo la ratona, al volver al plin—. ¿Podría usted orientarme?

El paraíso era comerse un crustáceo a la plancha de la mitad de su tamaño, hasta que el aceite le corriese por los codos y tuviera el hocico acorchado de hozarle en las tripas. Las gambas eran sus preferidas. Cuando pasaba por el barrio húmedo le gustaba pedir la especialidad de la casa en alguna de las tabernas. Aquel día, sin embargo, se conformó con pasta de almendra. Además, ni siquiera era aún hora de cenar. Tenía la tripa revuelta y no quería mezclar a las gambas en un día de mierda como aquel.

Lotaria controlaba bien su sala. Tenía una hidalguía en Historia social y muchas horas de escuchar a la gente comentar estupideces y hacer observaciones agudas ante los vestigios silentes del pasado que muchos preferirían olvidar y otros tantos no perder de vista, no sea que fuera a repetirse.

Las ovejas y las cabras también tenían su propia marmota imbécil: Olivia Shine, una cabra que abogaba por la independencia de los anteriormente llamados "animales domésticos", pero bien separaditos. No podía ni ver a las vacas. Sin embargo, estaba siempre en contacto con la Compañía, porque le encantaba la idea de las cabras "libres e independientes" y las ovejas emprendedoras. Había intentado meterse en el consejo de administración en una ocasión y solía hablar de las desventajas de la leche bovina. Lotaria la había nombrado un par de veces en la conversación.

Mientras se manchaba los bigotes con la pasta de almendra, Tailwhisper pensó en que los ratones tenían más en común con las ovejas de lo que parecía. La pata de Lotaria había temblado al hablarle de aquel símbolo antiguo, de los depredadores, de los tiempos en los que había brotado la Chispa y a ellos les había dado igual comerse a quienes pudieran también pensar. La oveja se estremecía al hablar de los cánidos lo mismo que Tailwhisper de los felinos. Si sus palabras eran ciertas...

La visión de Mary entrando en la taberna le quitó la poca hambre que tenía. La paloma traía un mensaje atado en la pata, confidencial, que Tailwhisper abrió con prisa y nerviosismo. Levantó la cabeza hacia Daisy y chilló; a la humana no le hacía falta pasar aquella señal de urgencia por el lenguaje verbal. Estiró el brazo y la ratona trepó con toda la rapidez que pudo hasta llegar al plin.

—Hospital —aporreó en la campanita—. Chimpancé despierto.

¿Aburrido de comer siempre lo mismo?

Para un carnívoro, una dieta equilibrada exige un aporte proteínico muy elevado. La base de la alimentación de un carnívoro deben ser pescados e insectos preparados como más le apetezca al comensal.
Es aconsejable optar por los pescados azules, como las sardinas, pero entendemos que su elevado precio puede hacer a nuestros lectores desistir. Si el presupuesto es muy ajustado y queremos prescindir del extra que se paga por adquirirlo sin espinas, la opción preferida para todos los que carecen de la capacidad de asir,
¡hay solución!
¡Pásese a los bichos!

Los coleópteros son excelentes para ser servidos fritos en abundante aceite o en brocheta, resultando además muy placenteros al paladar por su textura crujiente. Las orugas y gusanos son más adecuados para hacer budines o pasteles, ¡las posibilidades son infinitas!

Para descubrir nuestras recetas de coleópteros de la semana, pase a la página 10.
Para leer las ideas de la semana en cuanto a platos preparados con larvas, pase a la página 15.

¡Hágase insectívoro!

Revista Dieta y Sabor, nº 15.

6. UNA BURÓCRATA

El chimpancé herido había conseguido transmitir que se llamaba Hugo antes de que el enfermero que lo vigilaba le echase la bronca del siglo por intentar mover los dedos en su estado. Al menos, él también era un chimpancé, así que podía traducir los sonidos de la voz de Hugo a lenguaje de signos con poco margen de error.

—Sí. Nos obligaban a ordeñarlas. A Ophelia le cortaron una mano cuando se negó. Las cabras no sabían ni hablar, no conocían ni su nombre. Balaban entre ellas aterrorizadas cuando nos acercábamos a ellas. Tenían la Chispa, eso desde luego. Había una más lista. La mataron enseguida. El perro se llamaba a sí mismo Doctor. Era el jefe allí dentro, pero obedecía órdenes de alguien de fuera. Nos reclutaron en el pueblo. Éramos cuatro. Sólo... Sólo quedo yo. Nos ofrecieron trabajo en la ciudad. Cualquiera con pulgares oponibles tiene la vida resuelta, eso dicen. Nos lo creímos. Quería... Ganar dinero. Montar mi propio negocio. Telares. Hay ovejas en mi pueblo. Lo teníamos todo pensado. Sólo nos faltaba comprar la maquinaria, por eso yo... Acepté el trabajo. El contrato parecía... Legal.

Las manos del enfermero se detuvieron cuando cambió el tono de la voz de Hugo. Empezó a gimotear.

Tailwhisper bajó por la manga de Daisy hasta la cama y trepó por la manta hasta el regazo de Hugo, con muy poca educación. Los primates no le gustaban. Los homínidos aún menos. El pobre chaval no tenía la culpa de que lo hubieran timado y torturado, por muy paleto que fuese. Aunque le costó horrores, se puso de pie allí, mirándolo.

Hugo alargó la mano izquierda, que tenía mejor pinta que la otra, hacia ella. La acarició con dulzura y mucho cuidado. Tailwhisper se mantuvo quieta hasta que el chaval dejó de gimotear y el enfermero pudo volver a traducir.

—Nos hablaron de la sangre. Sangre roja. Nos dijeron que las cabras no eran más que... carne. Que el mundo moderno es... antinatural. Lo natural es que los fuertes... dominen; que plegarse ante la tiranía de las ratas y los pollos es...

Tailwhisper meneó la cola. Vio a Daisy llevarse la mano al hombro y meneó el hocico. Ella siempre la entendía. Le colocó el despacho sobre la cama y la ratona empezó a golpear el plin.

—Dices que estaban organizados.

—Sí.

—¿Qué hacían con la leche?

El gemido del chimpancé era fácil de interpretar. Pobre chico.

—No lo sé. Se la llevaban arriba. Les pedía perdón. Les pedí perdón cada vez que... Cuando me rompieron los dos primeros dedos, ya no pude... dolía...

Volvió a gimotear.

—Ya. Lo sé —dijo Tailwhisper, golpeando el plin despacio.

Un cacareo la interrumpió. No era la cacatúa, sino la agente Freesalt, desde la puerta de la habitación.

—Sí. Y ha interrogado a un testigo presencial de un crimen mayor.

La gallina parecía estar a punto de comerse a Mr. Philibert a picotazos. Al menos, parecía tener ganas de arrancarle los ojos. Tenía mirada de córvido.

—¡Señorita Tailwhisper! ¿Es eso cierto?

La pata de la ratona no tembló al tocar el plin. Que la llevasen al despacho de su jefe como a un mocoso travieso lo arrastran al despacho de la directora por decir palabrotas en el recreo ya le había parecido pasarse un poco, pero parecía que la gallina sabía bien lo que se hacía.

—No lo interrogué —dijo—. Estaba allí en visita privada.

—¡Pero si llevaba a su asistente!

Mr. Philibert se atusó los bigotes. Estaba tan nervioso que hasta se pasó la pata por las orejas.

—Eso fue casualidad —insistió Tailwhisper—. Me había acompañado al museo, después de la emergencia. Está a punto de conseguir un ducado en Estudios Artísticos; la visita con ella a instituciones culturales es mucho más instructiva.

Tailwhisper conocía el poder de las palabras. Usar las de más de tres sílabas solía dejar a su jefe un poco desconcertado.

—Visita privada o no, se ha inmiscuido en una investigación oficial —dijo la gallina—. Es mi última advertencia: manténganse al margen. La Compañía ya es acusación particular. Déjenlo estar.

Mr. Philibert dejó escapar un chillidito.

—¿Hemos terminado? —preguntó la ratona después.

—Hemos terminado —dijo la agente Freesalt.

Se dio la vuelta y salió del despacho con dignidad avícola. Tailwhisper fue tras ella. El plan de la gallina no parecía haber funcionado, pero...

—Un momento, señorita Tailwhisper —pidió la rata—. Hay un asunto que tratar.

Sé educada. Conserva la calma. Los consejos de la agente Freesalt no parecían cubrir el flujo de ira hirviente que le brotaba a Tailwhisper del alma cuando la trataban con condescendencia.

—Entiendo que quiera usted experimentar el picorcillo de la aventura, señorita Tailwhisper, pero es por su bien. Es usted una buena inspectora y quizá lo único que necesite sean vacaciones, airearse un poco... Mientras le buscamos un nuevo asistente podría ser un buen momento para que descanse un poco y visite algún otro museo...

—¿Un nuevo asistente? —los bigotes de Tailwhisper se agitaron—. ¿Qué vas a hacer con Daisy?

Mr. Philibert echó hacia atrás las orejas. Tailwhisper también.

—Me acaban de comunicar que la investigación de la señorita Margaret Ermengarde Tombstone le ha valido el título de Duquesa. Es de suponer que, ahora que va a pertenecer a la nobleza, este trabajillo no va a hacerle falta...

Tailwhisper arrugó la naricilla. Era la mejor noticia del día, sin duda: un ducado para Daisy, que llevaba años estudiando hasta que se le caían las pestañas y entrenando su mente para encontrar los patrones comunes entre las expresiones artísticas de todos aquellos tocados con la Chispa. Probablemente ni siquiera le habían dado aún la noticia a la interesada. Estas cosas eran siempre así.

—Pues mire, me alegro por ella —dijo Tailwhisper, tocando el plin con algo más de dulzura—. Se lo merece. Si me van a cambiar de asistente, de hecho, debería ignorar el tema de las vacaciones para poder empezar a trabajar nuestra coordinación cuanto antes. Y poder explicarle con claridad todo este asunto de...

—¿De qué asunto habla usted, señorita Tailwhisper? —interrumpió la rata—. ¿No se referirá al de la factoría?

—Al de la factoría, evidentemente. Si afecta a los quesos...

La rata y la ratona se miraron fijamente durante unos instantes.

—Esto no es ya un asunto de quesos, señorita Tailwhisper.

Había intentado ser educada. Había intentado conservar la calma. Había intentado no saltar sobre él e intentar morderle el cuello hasta hacer que se desangrara, pero parecía que lo único que iba a poder conseguir era eso último.

—¡Pues claro que no es un asunto de quesos! ¡Nunca es un asunto de quesos! ¡Es civilización, justicia!

—¡Y usted es una inspectora! ¡Una burócrata!

Tailwhisper se paralizó. Notaba cómo le temblaban los bigotes, pero no podía ni atusárselos.

—¿Perdón? —dijo, tras un instante que le pareció eterno, con golpecitos en el plin.

—Está usted jugando a la heroína, pero no es usted más que una ratona temeraria. ¡Está usando a su asistente, un recurso de la Compañía, para sus estúpidas andanzas! Esto debe terminar. Mañana mismo volverá usted al despacho, a supervisar los informes. Voy a ascenderla a Interventora.

Tailwhisper entrecerró los ojos. A la mierda el plan de la agente Freesalt.

—No, Mr. Philibert. Me marcho. Dimito.

La rata la miró con la boca entreabierta. De repente, dio un manotazo al plin.

—¡Esta no es una de sus historietas de Amber, señorita Tailwhisper! ¿Es usted consciente?

—Plenamente —respondió la ratona, frunciendo el morro con desprecio—. Las aventuras de Amber siempre acaban bien.

—Mañana quiero tener aquí todas sus credenciales, ¿me oye?

El plin se desencajó del último golpe. Tailwhisper se pasó las manos por el morro y estuvo a punto de arrancarse un bigote.

—Espero que tengas razón y haya valido la pena.

La agente Freesalt estaba disfrutando con el maíz. Lynx se estaba apretando un cuenco de avellanas con la mirada perdida.

La gallina vivía en un pequeño corral, sola. Tenía un gramófono reluciente en un rincón y un par de reproducciones baratas de ilustraciones gatunas en las paredes recubiertas de madera.

—No puedo garantizártelo —dijo la gallina—. Es evidente, Tailwhisper, que eres de esas personas que entiende que el "alguien" de "alguien tiene que hacer algo" eres tú. No podemos perdernos a una persona así.

—Todavía no me lo puedo creer.

Compartían el mismo plin. A Tailwhisper le dolía ya todo. Sobre todo, la cabeza.

—Ya. La verdad es que nosotros tampoco —dijo la agente Freesalt—. La Compañía siempre ha hecho gala de un comportamiento intachable. En cuanto el juez firme mañana la orden, registraremos ese armario que usted ha tenido el buen tino de señalarme y podremos arrestar a su jefe. Probablemente sea un escándalo. Prepárese.

—Yo le respetaba —dijo Tailwhisper—. Todo lo que podía. Y mira que se paseaba con un meca…

Lynx se echó a reír. La risa de las ardillas era un gorgojeo que siempre confortaba a Tailwhisper. A veces se preguntaba cómo había sido el mundo antes, cuando no eran capaces de reír. Cuando no eran capaces de soñar.

—Fue precisamente el meca lo que nos hizo sospechar de él en un principio —dijo la gallina—. Llevábamos meses vigilándolo cuando... Cuando llegó la denuncia de la factoría.

—Que no era la primera —añadió Lynx, sin rastro ya de risa.

—Podrían estar vivas. Podrían haberse salvado si no hubiera puesto a Mr. Philibert sobre aviso —siguió Tailwhisper. Sus golpes en el plin eran mecánicos, inermes. —Lo hicieron todo con prisas. Mal. Yo...

—Usted hizo lo que pudo, Tailwhisper —dijo Lynx—. Es la única inspectora que se ha prestado a colaborar. El resto... Obedecieron cuando les pidió que no se metieran. Que dejaran las cosas a la policía. Aceptaron los ascensos, las jubilaciones.

La ratona se atusó los bigotes.

—¿Y entonces? ¿Ahora?

—Ahora es usted la Agente Especial Lizzie —dijo la gallina—. O Beth, o lo que quieras. Lo que le queda a Mr. Philibert es pura burocracia. Usted tendrá otra misión muy pronto.

—¿Cómo de pronto?

Lynx agitó la cola.

—De donde mi hermana y yo venimos... Bueno; tenemos conocidos. Puede que alguno haya escuchado algo, o que conozca a alguien que tenga conocimiento de rumores sobre la sangre roja. Las habladurías... Tú ya me entiendes.

Tailwhisper se frotó el morro con nerviosismo.

—Venís de un mal barrio, por lo que tengo entendido.

—Sí. Ojalá fuese siquiera un barrio. El mono...

Tailwhisper le pagó un manotazo al plin para interrumpirle.

—Chimpancé.

—Lo que sea. Ese pobre chaval habló de la casa abandonada. Sé dónde está. Hace dos años que no voy por allí, pero es posible que ahora haya alguien. Deberíamos ir a investigar.

—Tiene pinta de ser peligroso.

—Sí. Por eso sólo vamos a echar un vistazo. Tendremos cuidado.

Hubo otro mundo, cuentan
donde todo lo que había era
comer y dormir

No había impuestos, ni responsabilidades
salvo comer y dormir
y, por supuesto, procrear

Ni ropas, ni clases, ni nobles
salvo el predador y su presa
que vivían para
comer y dormir

Sin nombres, ni recuerdos, ni canciones
ni sueños ni anhelos ni esperanzas ni futuro
sólo estar para
comer y dormir

Supongo que no se preocupaban tanto
sin hipotecas que pagar
pero es que si no sabes que existes
cómo te vas a preocupar

Dadme más problemas
Dadme obstáculos que superar
Dadme metas que alcanzar, dolores de cabeza
Dadme frustración, perseguir un fin
que vivir no sólo sea
comer y dormir

Jasmin Jollyfeather
Poemas para un pájaro sin alas

7. NATURALEZA ANIMAL

Había dejado el sombrero nuevo dentro de su bolsa, a salvo del polvo, bien guardado. La gorra de montar era de lana gruesa y las gafas le habían costado un pastizal, pero no tanto como valía la bici.

Primero, le quitó el candado. Luego subió al sillín por la escala de cuerda y giró la manivela que la recogía, bien enrollada; le puso el seguro después. El sistema de poleas patentado de la Multicicleta había hecho rica a la Universidad de Rodentia hacía veinte años. La de Tailwhisper era herencia de su madre, aún tenía las cestitas donde ella y sus hermanos habían ido sentados y asegurados a acompañarla en sus visitas médicas. Ahora guardaba comida en ellas, un par de plines, una campanita de emergencia y bombas fétidas. Por si acaso.

En realidad, no tenía nada de especial. Se habían limitado a adaptar una bicicleta clásica, de humanos, a roedores con mínima capacidad prensil. En realidad era un triciclo, pero a Tailwhisper le daban igual las especificaciones técnicas. Era muy popular entre los hámsters y las ardillas. Los pedales iban acoplados al manillar, así que cualquier roedor podía subirse a lo alto del vehículo y moverse por la ciudad, por la mismísima calzada, sin temor a que lo pisaran. Alcanzar la independencia podía ser así de fácil.

Se colocó las gafas. Tenían los cristales ligeramente ahumados y estaban cosidas a la gorra. Empezó a girar los pedales, sin agobiarse; el complejo sistema de poleas que amplificaba el movimiento de sus patitas delanteras tardaba un poco en transmitírselo a las ruedas. Cuando aquello empezó a moverse, sintió cómo se le aceleraba el corazón. Siempre era emocionante.

Se incorporó al ciclocarril sin mucha dificultad. Adelantó a cabras y ovejas, le gritó cosas ininteligibles a un par de caballos y se rio de algunos mecas que avanzaban chirriando por los carriles centrales.

La casona era enorme. Era uno de esos lugares donde habían vivido los humanos antes de que hubiera leyes civilizadas que te impidieran comerte a la gente. No había rampas en los escalones de piedra que llevaban a la puerta principal, ni subpuertas en la hoja de la misma. Aquello estaba construido pensando en una sola especie, en una sola forma de desplazarse, en un tipo concreto de extremidades.

Los lugares como ese solían tener cosas que llamaban corrales, pero en los que ninguna gallina en su sano juicio se echaría a dormir; establos que cualquier caballo consideraría celdas y... jaulas. Y cocinas. Tailwhisper sintió cómo se le erizaba todo el pelaje. Cuando se construyó ese lugar, ella era considerada una alimaña. Ella y todos los ratones, todas las ratas; a los conejos se los habrían comido, le habrían lavado el cerebro a los perros... Los gatos, sin embargo, se habrían paseado por aquellas salas, taimados y sibilinos, viendo si podían aprovecharse de los que los llamaban con nombres ridículos. Aquello le daba escalofríos. Incluso sin la Chispa... Incluso sin pensamiento abstracto y procesos cognitivos superiores, los gatos tenían ese instinto de desapego absoluto.

Parecía abandonada. Había cristales rotos en las ventanas, la hiedra se estaba comiendo una de las paredes y el tejado estaba hundido en toda la parte izquierda de la casa. Sin embargo, había olores frescos, nuevos y terribles.

Tailwhisper echó hacia atrás las orejas. Sentía que tenían que largarse de allí cuanto antes.

Giró la cabeza al mismo tiempo que Lynx. Había un hámster petrificado junto a uno de los barrotes de la reja exterior. Era muy pequeño, incluso más pequeño que Tailwhisper, gris y blanco, e iba desnudo. Estaba bastante sucio y olía a desconocimiento total de higiene básica. Y a miedo.

—Hola —dijo Tailwhisper. Sabía un poco de hámster. No tanto como de rata, pero todos los idiomas sonoros de los roedores se parecían.

El chaval los miró, aterrado. Parecía que estuviera viendo a un halcón cayendo sobre él en lugar de a una ardilla y a una ratona. Movió el hocico y se les acercó, caminando despacio por la tierra, pegándose lo más posible a ella. Tailwhisper volvió a sentir la sensación de que tenían que largarse cuanto antes de allí. Se arrepintió de haberse dejado el plin en la multicicleta.

—Tiempo, tiempo —gimió el hámster.

—¿Estás bien? —preguntó Lynx, golpeándose la chapa metálica del chaleco.

El hámster primero los miró y luego golpeó el suelo con cuidado. Tailwhisper tuvo que seguir sus movimientos con atención, porque no se oía nada.

—Es la hora —dijo el hámster—. Yo también vengo a mi destino.

—¿Tu destino? —preguntó Lynx.

El hámster los miró sin comprender. De repente, aplastó las orejas contra la cabeza.

—¡Marchaos! ¡Marchaos! —chilló, desesperado—. ¡Peligro! ¡Peligro!

Tailwhisper también lo había olido.

—Me cago en todo —gimió la ratona. La puerta de la casona se abrió. Los ladridos del perro, de haberse producido en Londerra, le habrían costado la cárcel, pero allí no podían aspirar a la justicia de la civilización.

Hambre. Hambre. Sangre. Sangre.

El gorrión tenía un ala rota y se estaba desangrando. El gato lo había soltado sobre la alfombra y se relamía los restos de sangre del morro, tan indiferente al piar de su víctima como los otros desalmados. El perro se había quedado en el cuarto escalón de la escalera señorial; abajo, en la sala, los demás lo contemplaban en silencio reverente, roto sólo por los gritos y chillidos patéticos de sus víctimas. El piar del gorrión, que no dejaba de pedir ayuda; las ratas, el hámster, los conejos. Había muchos conejos. Se estaban muy quietos, sin dar muestras de dolor ni miedo, como si su mente se hubiera ido muy lejos.

La persecución había sido una pesadilla. Si no se hubiera empeñado en sacar al hámster de allí, podrían haber escapado. Con árboles cerca, los cánidos no podían ni soñar con atrapar a Lynx. Ni el humano; ese bípedo torpón que tenía en el morro ese gesto que según Daisy contaba con infinitas inflexiones. Sonrisa. Los humanos usan las sonrisas para tantas cosas que no hay forma de entenderlos. No erizan el pelaje. Si no tuvieran el lenguaje verbal, vivirían como pobres bestias sumidos en su complejo mundo de malentendidos, sobreentendidos y disimulos sin remisión. A Tailwhisper no le extrañaba nada que, en el pasado, aun siendo los únicos tocados por la Chispa, se hubieran convertido en sus propios predadores.

Había una rata al pie de las escaleras. Tenía un plin. Llevaba un rato hablando, soltando estupideces. Las presas deben aceptar su destino, la infelicidad de los animales pequeños viene de la rebelión, de intentar ocupar un sitio que no es el suyo, de empeñarse en tener una voz que la Naturaleza no les había dado. Tailwhisper había empezado a escucharla, a pesar del dolor en la espalda, del calor de la sangre.

—¿No es, acaso, una bendición el conocer el propio destino? El deshacerse de las preocupaciones artificiales que ha traído la Chispa, toda la represión de vivir en sociedad, teniendo que darle la espalda al instinto...

Lo había oído antes. Toda la mierda de que lo natural era bueno y maravilloso y lavarse los dientes constituía una aberración. Aquel roedor que tocaba el plin con una cadencia tan solemne, sin embargo, estaba mintiendo. Si todo eso del instinto fuese verdad, ya se los habrían comido. O, al menos, ya los habrían matado. Al menos, los cánidos. Los gatos puede que hubieran jugado con ellos antes de matarlos, pero no durante tanto tiempo. Ellos... Sus captores estaban disfrutando con ellos. Usando a la rata con el discursito para intentar manipularlos. ¿Quién estaría detrás de aquello? ¿El humano? ¿El perro grande, al que le faltaba media oreja y soltaba la clase de ladridos que llevaban siglos prohibidos?

Cuando despertó, le costó entender que se había quedado inconsciente. El perro ladraba. La rata esclava seguía tocando el plin, virtiendo veneno en los oídos de su auditorio. Tailwhisper se giró, desconcertada. Vio al gorrión en las fauces del gato gris. Los dientes del felino se le clavaban entre las plumas.

Tailwhisper gritó. No era la única que gritaba. El pájaro pió en agonía. El gato lo mordió otra vez, sujetándolo bien con las patas contra el suelo mientras echaba la cabeza hacia atrás, con las mandíbulas apretadas, hasta que partió al gorrión en dos y el ave dejó de piar. Masticó. De la boca le caían sangre y plumas.

Tailwhisper apenas reaccionó al tirón de Lynx. La había agarrado por el pellejo de la nuca con los dientes, como una madre severa, y estaba intentando trepar por una cortina raída.

—¡Cazadlos, hijos de la Madre Naturaleza! —seguía la rata en el plin—. ¡Alimentaos como manda el instinto! ¡Buscad la sangre! ¡Sangre roja!

—¡Sangre roja! —aulló otro perro.

La cortina cedió. En la caída, Lynx la soltó; Tailwhisper echó a correr hacia donde pudo, primero sobre terciopelo mohoso y luego sobre la madera podrida. Olía a miedo a su alrededor. Unas mandíbulas se cerraron muy cerca de ella, Tailwhisper chilló de pánico y desesperación.

—¡Eh, no! ¡A esa me la quedo!

La voz era humana. Tailwhisper se encontró con la pared y siguió corriendo, pegada al rodapié. Un gato saltó delante de ella. Intentó retroceder. El humano estaba allí. Vio más; otro perro, el conejo loco, un simio...

Acorralada contra el rodapié, chilló. No podía evitarlo. La mano que se cerró sobre ella era humana; la mordió repetidas veces hasta llenarse la boca del sabor metálico de la sangre, pero no pudo soltarse. Las risas, los gemidos y los gritos la aturdieron hasta que perdió el conocimiento.

1. Se considera "persona" a toda criatura consciente de sí misma, sin distinción de especie.
2. Todas las personas nacen libres e iguales.
3. Toda persona tiene derecho a aprender un lenguaje verbal con el que poder comunicar con claridad y sin equívoco sus ideas y necesidades.

8. UNA RATA MOJADA

Lo primero que sintió fue el frío. Ya tenía frío antes de despertarse. Recordó sin esfuerzo todo lo que había pasado y evitó abrir los ojos. Trató de no dar ninguna pista de que había despertado, por quién podía estar vigilándola. Su espalda daba con algo duro; estaba echada sobre algo blando y maloliente. Si sus pesadillas eran reales, podían ser virutas de madera, mojadas y asquerosas. Le habían quitado la ropa. No tenía el chaleco, ni las zapatillas ni los guantes. Se acordó de su sombrero nuevo, su precioso sombrero, a salvo en casa. Al menos, eso no se lo habían podido robar.

Desnuda y mojada.

Entreabrió un ojo. Barrotes. Una jaula. Desnuda, mojada y atrapada en una jaula.

Escuchó con atención. Crujidos. Abrió los ojos y olisqueó. Intentó estirarse. Dolió.

La jaula era pequeña y tenía un bebedero vacío en una de las paredes. Parecía vieja, una reliquia. Había algo extraño en ella. No habría pasado ni un solo protocolo de Derechos Civiles. Era… Como una jaula de mascotas.

Empezó a temblar. Decidió que era de frío y desterró todas las ideas que intentaban paralizarla. Si era cosa de frío, se pasaría si entraba un poco en calor. Dio algunos saltitos y correteó de forma patética en un círculo tan pequeño que a las tres vueltas se mareó. Aquello hizo que se enfadase, lo cual ya era un estado en el cual encontrarse cómoda. Cuando estaba enfadada pensaba con mayor claridad. Se fijó en la puertecita. No se le había pasado por a cabeza que tuviera un mecanismo tan cutre, que cualquiera podría…

Clic.

El cerrojito se abrió. La puerta giró hacia fuera con un chirrido agudo. Tailwhisper esperó.

Se había hecho daño en las patas delanteras y traseras, en todos los dedos, al bajar por la mesa de madera hasta el suelo. Al menos era de madera. Nunca le había gustado trepar, ni en el colegio. Pisar el suelo con la piel desnuda le dio tal asco que se alegró de no haber comido nada en nadie sabe cuánto tiempo.

Aquello era peor que un cuchitril. No quedaba nada de la mansión suntuosa que sugería el exterior. Tailwhisper volvió a pensar en su sombrero, que seguiría impoluto en su percha, no como ella. Apestaba al olor asqueroso de la jaula, a sudor y a miedo. El sombrero estaba a salvo. Algo de la ratona decidida quedaba fuera del alcance de los depredadores.

Estiró las orejas cuando un trueno retumbó en las paredes mohosas. Sirvió para que se diera cuenta de que había un cristal roto. Una esquina de uno de los ventanucos había saltado. Era un hueco ínfimo, sólo un ratón cabría por él.

Tailwhisper agitó los bigotes con determinación.

Había sido un alivio volver a cambiar la repugnancia por el dolor. El forro de madera de la pared estaba abombado, roto y lleno de benditas irregularidades que le permitieron subir hasta medio camino. El daño en las extremidades era casi agradable comparado con los calambres que empezaron a darle cuando llegó a la parte lisa. En la grieta ínfima entre dos paneles podía agarrarse e impulsarse, pero resultaba agotador. Estuvo a punto de caer un par de veces.

Descubrir que fuera llovía quedó eclipsado por el consuelo de que el ventanuco estaba a ras de suelo. La habían metido en un sótano.

Se alejó varios metros, a saltitos, bajo el agua. Prefería la hipotermia a seguir con aquel olor a muerte, orín y moho en su piel. Incluso rodó sobre la tierra húmeda del jardín. Cualquier otro hedor le parecía preferible al del encierro.

Parecía que había salido por la parte de atrás. Le rugieron las tripas de hambre. Cuando llegara a casa, se daría un baño. Uno de verdad, con sales, agua caliente y el gramófono a todo volumen. Luego se secaría con las toallas verdes, se arreglaría las uñas y se daría crema en sus pobres patitas destrozadas. Después, se colocaría su sombrero con toda la ceremonia posible, se acurrucaría en el diván con la novela de Amber que no le había dado tiempo a empezar y una tabla de quesos y echaría todas las horas que fuesen necesarias.

La lluvia potenciaba olores familiares. Romero, albahaca, salvia. Quizá hubiera habido allí un huerto de hierbas aromáticas. ¿Qué importaba? La planta de albahaca tenía hojas grandes y estaban ricas. También encontró espárragos tiernos. Fue suficiente para que se concentrara y recordase la puerta enrejada. No tendría que trepar para salir por ahí. Estaba llena de tierra ya, pero se rebozó aún más. El blanco de su pelaje era demasiado brillante. Demasiado llamativo. Búhos, cernícalos, zorros, comadrejas. Quién sabe qué más había ahí fuera, seducido por la llamada de la naturaleza, o jamás tocado por la Chispa de la consciencia.

El recuerdo de la boca llena de sangre y plumas del gato hizo que soltase un chillidito de pánico. Echó a correr por la tierra, pegada a la tapia. Se encontró con que estaba rota en una de las esquinas y llena de maleza. Subió alborozada por ella, por la pendiente suave de los escombros y la madreselva, con la lluvia y la tierra formando un barro pesado en su lomo. Sucia, desnuda, libre, salvaje. Se estaba desquiciando.

Verse fuera de nuevo fue una bendición. Corrió. Corrió. Corrió hasta que perdió el aliento y después siguió corriendo, porque el zorro la seguía.

Hacía tantísimo tiempo que no corría que se quedó exhausta enseguida. Podía oler al zorro, incluso con la lluvia; quizá él no la hubiera olido a ella y simplemente se estuviera paseando bajo el agua por puro placer, pero no se podía arriesgar. Se metió entre unos pedruscos, en un talud; las grietas eran demasiado pequeñas para que un zorro fuese capaz de asomarse por allí.

Respiró un poco. Se estaba algo más caliente ahí dentro, aunque oliese tanto a rata.

Cuando se volvió, vio el brillo de los dos ojos en la oscuridad. Volvió a paralizarse.

—Ratón.

Le costó entenderlo. Golpes sordos en el suelo, con la pata delantera, con el puño cerrado. En aquellas soledades no debía de haber ni plines.

—Ratona —respondió, de la misma manera. No era capaz de hacer el mismo ruido. Parecía susurrar, aunque golpeara con todas sus fuerzas la tierra compacta.

—Cuidado —siguió la rata—. Madriguera de ventanas. Cuidado.

Tailwhisper se relajó. Dejó escapar un chillido leve; se contuvo para no pasarse las manos por los morros. Olió miedo también. Se imaginó a las ratas viviendo en ese bosque, tan cerca de la casa, de la amenaza de esa panda de locos; sufriendo el miedo ancestral a que se las comieran en cualquier momento. Apenas pudo aguantar la sensación de horror. Si...

Cuando estaba enfadada, todo era más fácil. Parecía siempre saber qué tenía que hacer.

—Tengo que llegar a la ciudad —dijo, esperando que no fuese una frase demasiado complicada para la rata.

—Ciudad. Londerra.

—Sí.

Escuchó pequeños chilliditos. Entendía bastante bien a las ratas, pero el acento de aquellas no se parecía nada a las modulaciones que Mr. Philibert o Roberta utilizaban para hablar entre ellos. Entendió algo de negro y volar. Esperó que no se refiriesen a nada que implicase pólvora.

—Sol que sale —dijo la rata, usando de nuevo los golpes—. Espera. Dormir.

Todas las ratas menos una estaban desnudas. La más vieja llevaba un chaleco de lana, por lo que pudo sentir Tailwhisper cuando la llevaron junto a ella. Dormían todas juntas en un nido, pero sólo la anciana y una rata joven estaban allí a esas horas. Allí, en el bosque, seguían los horarios instintivos. En la madriguera no estaba ni la mitad de la familia.

La anciana debía de estar perdiéndose ligeramente, porque tomó a Tailwhisper por una cría. A la ratona no le importó. Hacía tantísimo tiempo que no se dejaba cuidar que se dejó limpiar sin rechistar. La rata joven no dejaba de hablar en su idioma; la ratona intentó preguntarle su nombre, pero no logró hacerse entender. Quizá ni tenían nombres. Roberta tenía parientes "en el campo" y alguna vez se había referido a ellos como "mi quinta prima". La Chispa no era suficiente, no.

Poco a poco, acunada por la vieja rata, dejó de preocuparse.

Tardó en entender, otra vez, dónde estaba. En deducir que los golpes que sentía en el costado eran suaves empujones del morro de una rata. En que los pelajes que le daban calor, que le transmitían la respiración calmada de otros seres vivos, eran de las ratas que la habían acogido. Probablemente les debía la vida.

Entendió, entre los chillidos, algo parecido a "ahora". Siguió, sintiendo dolor en cada músculo de su cuerpecito, a una de las ratas hasta el exterior. Un cuervo enorme las estaba esperando.

—¿Esta es? Guano de murciélago, eso no pesa nada. Sí, me la llevo, claro.

A los pies del cuervo había un saco pequeño. Dos ratas estaban sacando su contenido: nueces, cerezas, un trocito de queso. El olor era inconfundible: curado de Sammies. De los más baratos y comunes.

Aturdida, Tailwhisper golpeó el suelo.

—Gracias. Gracias.

Iba más por las ratas que por el cuervo. Tenía pinta de ser uno de esos chulos de los barrios del este.

—Anda, si es una ciudadana —dijo el cuervo—. Señorita, ¿echa usted de menos su plin? Qué horror tener una voz que nadie más puede oír. No sé si quiero saber cómo ha acabado aquí. En cuanto mis primas hayan sacado las provisiones, podrá usted meterse en el saco y la llevaré a la ciudad. ¿Algún lugar en especial, que le venga mejor? Entraré por el sur, hacia la plaza de las fuentes.

Tailwhisper golpeó el suelo.

—Comisaría central.

El cuervo graznó antes de hablar.

—Lo que yo diga, no quiero saber cómo ha llegado aquí.

—¿Quieres saber la verdad, Amber? ¿Puedes soportar la verdad?

La vieja hámster marrón tiró de la tela y Amber se sintió paralizar. Aquellos hierros paralelos y herrumbrosos formaban un cubo y, en el centro, una puerta colgaba de uno de sus goznes.

—No... No puede ser —musitó Amber, aturdida por lo que estaba viendo. ¿Era posible? ¿Era ese el origen de su estirpe, de los poderes de su sangre? ¿Había empezado todo en la sucia y abyecta jaula de una mascota?

Amber contra garras y colmillos
Evelyn Darrel

9. LOS PRODIGIOS DE LA CIVILIZACIÓN

Cuando sintió que habían aterrizado, chilló. El cuervo saludó a alguien a voz en grito; podía ser un humano o una cacatúa. Tailwhisper abrió el saco en el que había hecho el viaje y asomó el hocico. Estaban en uno de los alféizares, amplio, del segundo o tercer piso. Puñetero cuervo; obviamente, estaba usando una de las entradas de las aves. Al menos había allí un plin. Salió del saco, desnuda y todo, y empezó a aporrearlo, deleitándose en su sonido agudo y fuerte, taladrándole los tímpanos a todos los que tenía alrededor, llamando a la agente Freesalt hasta que una ardilla de uniforme la apartó, la contuvo y le preguntó qué estaba pasando.

El meca era del tamaño de un oso. Uno de los grandes. Tenía ocho patas articuladas, cada una de ellas hecha de partes flexibles y rígidas; pequeños acordeones unían cilindros de acero y caucho, que ocultaban el sistema hidráulico que lo impulsaba.

La agente Stephanie la estaba esperando. Era una ratona marrón sucio, de mirada dura. Llevaba un chaleco negro, guantes y gafas de aviador, como las que ella misma usaba para montar en su bicicleta. Quién sabe si podría recuperarla. O si iba a poder salir viva de allí.

—Bienvenida al pulpito, Tailwhisper —dijo Stephanie—. Iremos en cabeza. Dentro de este cacharro estaremos relativamente a salvo.

—Perfecto —dijo Tailwhisper. Era mucho más fácil enfrentarse a cualquier cosa vestida, aunque fuera con un chaleco cutre de la policía y unos guantes y zapatillas que le venían pequeños.

—Con esto no hay cánido desquiciado que intente hincarte el diente.

—Quizá no puedan, pero querrán —dijo Tailwhisper—. Lo he visto.

La agente Stephanie subió la primera. Tailwhisper la siguió por las escaleritas hasta el habitáculo del piloto, lleno de palancas y botoncitos de difícil interpretación.

—Me encanta conducir esto, pero odio las operaciones de rescate —dijo Stephanie, después de indicarle todas las medidas de seguridad y cómo cerrar el habitáculo—. Cuando estemos a poco menos de un kilómetro de la casa, nosotras y los otros vehículos pesados nos detendremos y esperaremos a ver qué dicen los exploradores. Siempre intentamos armar poco escándalo, pero es muy posible que esta gente no se entregue por las buenas.

—Son fanáticos —gruñó Tailwhisper. Al recordar al gorrión, sintió otra arcada.

—Esperamos también encontrar a Lynx. Si nos oye, se acercará. Agárrate.

La ratona puso en marcha el meca. Con el vértigo en el estómago, Tailwhisper sintió cómo se elevaban y no pudo reprimir un gritito ante el bamboleo inesperado que provocaba la forma de andar de la armadura autopropulsada. Avanzaron hacia la puerta del hangar con gran rapidez y la antigua inspectora no pudo sino sentirse emocionada. Por fin estaban haciendo algo útil.

Llevaban ya un buen rato esperando con el meca en reposo.

Tailwhisper recordaba bien aquel paraje. Su bicicleta debía de estar unos cientos de metros más delante, en el camino. La mansión, el templo de la barbarie, aún no podía verse. Se atusó los bigotes al pensar en Lynx y en las ratas. Al menos el cuervo parecía cuidar de ellas.

Esperar sin hacer nada ni saber qué estaba pasando no se le daba bien. Le dolía la cabeza.

—¿Quién protege a los habitantes de este distrito? —preguntó en voz baja—. ¿La policía de Londerra? ¿Los forestales?

Stephanie meneó los bigotes.

—Se intentan hacer censos anuales, pero no es fácil —dijo la ratona—. La gente que aún vive aquí es bastante supersticiosa y esconde a los niños porque no puede pagar las multas por no escolarizarlos. Hay un par de aulas itinerantes que están funcionando bastante bien, por lo menos aprenden a comunicarse con los plines, pero no pueden mandar a nada más grande que un conejo porque tienen miedo de los cánidos y los felinos.

—Pero ¿quién los protege? —insistió Tailwhisper.

Stephanie volvió a menear los bigotes.

—Deberían ser los forestales —dijo ella—. Pero andamos escasos de personal. Freesalt te lo contará más en detalle. Te has metido, casi literalmente, en la boca del lobo.

Tailwhisper se estremeció. Aquella especie de cúpula transparente parecía recia, pero se sentía menos segura de lo que se habría sentido bajo el sombrero de Daisy. Menos mal que la homínida no se había visto envuelta en ese embrollo. Iba a contestar, pero algo cayó sobre el cristal que cerraba el habitáculo. Chilló, primero de sorpresa y luego de gozo al reconocer las orejas rojas de Lynx.

La alegría no le duró mucho. La ardilla aporreó el cristal templado y saltó otra vez, fuera de su vista; Stephanie soltó un taco y volvió a poner en marcha al meca. Los perros corrían hacia los mecas ladrando sobre la sangre roja, el humano venía detrás tambaleándose con una cachiporra enorme en la mano.

—¡Contemplad los prodigios de la civilización! —aulló Stephanie.

El meca apenas pudo alcanzar la potencia total antes de que el primer perro se lanzase contra una de las patas y empezase a mordisquearla. Tailwhisper perdió el sentido de la orientación; sólo podía oír a Stephanie gritando. El meca lograba mantener el equilibrio a duras penas; el sonido de los pistones y las levas a toda potencia la estaba desquiciando. No podía dejar de gritar ella también. Los golpes parecían venir de todas partes, esa condenada estructura terminó por tambalearse y caer. El zumbido en los oídos fue lo último de lo que tuvo consciencia antes de desmayarse.

Las patas del gato arañaban con impotencia el cristal craquelado. Tailwhisper meneó la nariz en un gesto burlón, antes de reparar en todo lo que le dolía. Intentó incorporarse y llamó a Stephanie, pero la otra ratona no le contestó. Aún seguían sujetas por el cinturón de seguridad, pero su pobre cerebro tardó unos instantes en entender la situación.

El gato desquiciado se volvió de repente y saltó, fuera de su visión. Tailwhisper se deshizo del cinturón y se pegó al cristal.

No intentó mantener la calma, porque la ira fría que la invadió venía con una claridad mental tan útil como peligrosa. Tenía clarísimo lo que tenía que hacer. Buscó la palanca que abría el habitáculo del piloto, la que Stephanie le había indicado, y tiró de ella. Un sonido húmedo y sordo acompañó al cristal separándose de la estructura principal. Tailwhisper se escurrió por el hueco y usó la manivela manual del exterior para volver a cerrar el habitáculo y dejar a la piloto inconsciente protegida de otros gatos o chuchos que vinieran con hambre.

Estiró las orejas y levantó el hocico. Localizó lo que había visto desde dentro del cristal y echó a correr.

Encontró a la rata vieja intentando proteger con su cuerpo a las crías, arrinconadas todas contra el tronco del árbol. Dos chuchos, uno que creía haber visto en la mansión y otro, uno de esos atascos evolutivos que los humanos habían criado por pura crueldad, se entretenían en ladrarles amenazas con el probable propósito de aterrorizarlas antes de matarlas. Un poco más lejos, Tailwhisper vio a uno de los hurones de la policía intentando acercarse. Debía de estar herido, por la forma en la que cojeaba.

No se molestó en calcular si el hurón iba a llegar a tiempo. Siguió corriendo y le saltó a los ojos al perro más pequeño, entre gritos de histeria, sin pararse a pensar en la posibilidad de acabar entre sus fauces. Arañó, mordió, sintió el sabor de la sangre ajena. Trató de decirle a las ratas que aprovechasen para huir.

La zarpa del perro y las sacudidas de su cabeza la lanzaron contra los arbustos. Otra vez. Empezaba a ser una experta en aquello de perder la consciencia y se preguntó, dándose cuenta de su propio desquicie, cuántas conmociones cerebrales podían tenerse el mismo día antes de morir.

Los empujoncitos en el lomo le resultaron familiares. El calor, también. Olió a las ratas y no pudo evitar sentirse segura, sintió el dolor y se obligó a intentar estirar todas las extremidades. Parecía no haber perdido ninguna. Abrió los ojos para intentar decidir si era de día o de noche y apenas pudo distinguir nada.

—Mierda —masculló. Una rata dijo algo, sorprendida.

—Tenga cuidado, señorita —dijo la voz del cuervo, en un graznido que parecía intentar ser un susurro fracasado—. No se mueva mucho. Ya vienen a por usted, quieren saber si está consciente y se puede mover.

Las patas de una rata le cogieron una de sus patas delanteras. Enfocó con dificultad a la rata anciana y sintió un alivio infinito al saber que aún estaba viva.

—¿Todas bien? —preguntó, con toda la voz que fue capaz, en su rudimentario rata.

—Sí, sí —dijo otra rata—. Todas, todas. Gracias, gracias.

Bueno. Había valido para algo.

Las rata que le tenía cogida la pata le puso algo debajo. Tailwhisper lo cogió y reconoció un plin pequeño y redondeado.

—Creo que estoy bien —dijo, lentamente. Le dolía todo. —¿Los han cogido? ¿Qué ha pasado?

—Mejor que se lo cuenten a usted en la ciudad, señorita —dijo el cuervo—. ¡Sí, sí, está bien, aquí!

En un duermevela un tanto irreal, Tailwhisper se sintió izada por unas manos ásperas y seguras, el borrón anaranjado le hizo pensar en un orangután. Le zumbaban los oídos. Las ratas habían sobrevivido. ¿Stephanie? ¿No iba a contarle nadie lo que había pasado?

Sintió cómo le vertían unas gotas frescas de líquido en el morro entreabierto. Era algo más dulzón que el agua, pero le supo a gloria. Reconoció el sabor del anestésico que usaba su madre en la consulta justo antes de sentirse en buenas manos y de dejarse caer, esta vez tranquila, en brazos de la inconsciencia.

A la hora de crear, muchos artistas se limitan a plasmar su visión del mundo o sus propias ensoñaciones, con las que es espectador puede empatizar más o menos y sobre lo que se puede construir dependiendo del receptor.
Sin embargo, las grandes obras, como el celebérrimo Tapiz de Borondone, tienen en común que en lugar de convertirse en un manifiesto cerrado de las ideas del artista son más bien una invitación a la interpretación y a la reflexión. El mismo Borondone tenía muy claras sus ideas respecto a la convivencia de las distintas especies en igualdad de derechos, pero su Tapiz no las refleja: incita, más bien, a la reflexión individual sobre el tema. Plantea la idea y nos deja solos ante la variedad, la diversidad. ¿Podremos hacerlo? ¿Viviremos en armonía? ¿Podremos convivir de verdad en igualdad de condiciones? Al final, nos vamos a pudrir todos; un tapiz lleno de huecos no es un tapiz sino un harapo. Como ven, señores del tribunal, a mí también me ha atrapado con las preguntas que no ha hecho. Esa es la verdadera función de la obra artística: provocar la aparición de interrogantes en el espectador, así como la necesidad de contestarlos por sí mismo.

Duquesa Margaret Ermengarde Tombstone
Discurso de toma de posesión del Ducado de Moonshard en Estudios Artísticos

10. SECRETOS EN LA OSCURIDAD

—Buenos días, señorita Tailwhisper. Soy Violeta Stardew.

Tailwhisper la miró entrecerrando el ojo y se desenroscó. La ratona que venía a verla era color crema, muy grande y llevaba un chaleco policial impoluto. Seguramente le habían mandado a alguien de su misma especie para no tener que depender del plin y evitar preocuparse de cualquiera que pudiese estar escuchando en aquella sala del hospital. Estaba llena de criaturas pequeñas y convalecientes; ratones, hámsters, jerbos, ratas, gorriones, erizos, ardillas... Lo más grande que había era una coneja anciana que se había partido una cadera y contaba chistes obscenos al personal de enfermería.

A su pesar, Tailwhisper se sentía a salvo entre las doble P. Sus prejuicios descansaban cuando no tenían alrededor a nadie que los incluyese, así que casi se olvidaba de que los tenía, pero eso la molestaba todavía más. Trabajaba mucho en tolerar la existencia de los felinos y si los perdía de vista más de dos días le costaba recordar que eran personas. Después de lo del bosque y la mansión no estaba segura de ser capaz de contenerse y no escupirle en el ojo al primer gato con que se cruzara por la calle.

—Buenos días, señorita Stardew.

—Me han informado de que ya se siente usted mejor. ¿Puedo hacerle unas preguntas?

—Claro.

Daisy y Aware habían venido a visitarla. También Lynx, el primer día, con su pata rota. Freesalt se había pasado un par de veces. Sólo la ardilla había podido acompañarla junto a la cama; para ver al resto habían tenido que sacarla cuidadosamente a la sala de visitas.

—¿Se siente con fuerzas para relatar de nuevo lo que vio en la mansión?

La voz de Stardew era calmada y dulce. No era común en un ratón.

—Puedo, no se preocupe.

Le contó todo lo que recordaba, sin omitir ningún detalle. No pudo ayudar a Stardew con la cantidad de "adeptos", como la agente los llamaba. También le preguntó sobre las estancias, la jaula, si había estado escaleras arriba. Había perdido ya la noción del tiempo cuando la agente se frotó el morro y las orejas.

—Muchas gracias, señorita Tailwhisper —dijo después—. Perdón por esta falta de decoro.

Tailwhisper agitó los bigotes al darse cuenta de que Stardew probablemente pertenecía a una de esas familias de ratones que se denominaban a sí mismas "alta sociedad" y aprendían modales absurdos.

—Estoy desnuda debajo de una sábana, señorita Stardew. El decoro no es una prioridad aquí —dijo, sorprendiéndose de su buen humor.

—Supongo que le aliviará saber que fueron detenidos ocho perros, seis gatos, dos humanos, tres ratas y un halcón en la operación —informó Stardew—. Otros tres perros y un gato resultaron muertos también. No están cooperando, salvo las ratas y uno de los gatos, pero obviamente son parte de algo más grande. No es un caso aislado.

—¿Y Mr. Philibert?

Stardew la miró fijamente.

—También ha sido detenido. Usted lo conoce.

—A Mr. Philibert le importan su meca y su posición —gruñó Tailwhisper—. Si estaba en el ajo es que sacaba tajada, leche barata o sobornos, no es un místico al que se le pueda lavar el cerebro porque no hay mucho cerebro que lavar.

Stardew dejó escapar una risita.

—La Compañía lo ha apartado del cargo. Creo que han nombrado en su lugar a un colega suyo, un tal Mr. Hillgaard.

Tailwhisper intentó visualizar al taciturno mapache en el despacho de Mr. Philibert.

No es un mal tipo —dijo—. Tampoco habla mucho.

Precisamente por eso le caía bien.

—Los que están hablando bastante de repente son los nuevos interventores y algunos inspectores que se han jubilado el último lustro —dijo Stardew—. Nos vendría muy bien la ayuda de alguien que conozca bien la normativa y la burocracia de la Compañía para poder investigar a fondo este asunto.

Tailwhisper agitó de nuevo los bigotes.

—Me queda otra semana aquí, hasta que pueda comer algo más que puré —dijo Tailwhisper—. Si pueden esperar y a Freesalt le parece bien, estaré encantada de incorporarme.

Stardew levantó la cabeza.

—Bienvenida a las Fuerzas Especiales, agente Tailwhisper.

Elizabetta Tailwhisper se miró en el espejo una última vez.

Obviamente, se había puesto el sombrero nuevo. Lo había ladeado ligeramente hacia la izquierda. Así, el velito de encaje que caía sobre esa parte de la cara disimulaba un poco el parche sobre el ojo perdido. De todas formas, había algo que no le terminaba de gustar.

Movió los bigotes con disgusto y retiró el velo. Mejor. Se lo desenganchó del sombrero. Volvió a mirarse. Asintió y se atusó un poco el chaleco de seda, revisó por octava vez el lazo de raso de la cola y se dio por satisfecha. Había algo maravillosamente civilizado en emperifollarse para acudir a una fiesta; un acto tan superficial, tan alejado de la lucha por la supervivencia, de exquisita levedad.

Toda la casa olía a jabón de lavanda. Ella misma olía a lavanda. Le daba igual obsesionarse con el olor a limpio. Se echó un último vistazo en el espejo y caminó hacia la puerta.

Cuando salió a la calle, Aware ya estaba esperándola. Se había colocado una de las hombreras de paseo de Daisy; sin escritorio, sólo con asideros cómodos, un plin y una pequeña baranda por si algún estornudo súbito o un tropezón la desequilibraba.

El sombrero del hombre parecía cómodo. Tailwhisper habría podido montar toda una base secreta debajo de su copa.

—¿Está nerviosa? —le preguntó la ratona, una vez acomodada. Bendito plin.

—Un poco —respondió Aware—. Sobre todo, está preocupada por ti y por todo lo que te va a echar de menos en su trabajo nuevo.

—Es la mejor asistente —dijo Tailwhisper, desde el fondo de su corazón—. Pero creo que en mi nuevo puesto tendré que apañármelas sin ella.

Aware echó a andar. El auditorio estaba a un par de calles. La toma de posesión parecía ser todo un acontecimiento; la gente que llevaba el mismo camino que ellos iba con sus mejores galas. Sobre todo, había simios; mucha seda y terciopelo, monóculos relucientes, paticuras de las caras, zapatos de charol y guantes de lino y corcho.

—Puedes contar conmigo también para lo que necesites —dijo Aware—. Daisy está convencida de que no es un incidente aislado y de que vas a encontrar mucho más en cuanto empieces a rascar.

—Es aterrador —gruñó Tailwhisper, a base de golpes secos en el plin.

Cuando entraron en el auditorio, la ratona admiró las elaboradas lámparas de gas. La luz era cálida allí dentro; incluso las rampas para animales pequeños estaban forradas de terciopelo verde. Las sillas, los cojines y las perchas tenían borlas doradas. Apenas había ungulados en la platea, casi todas las entradas de esa parte parecían haberlas repartido entre cánidos. Había muchísimos roedores en los espacios de tamaño A y B. No vio apenas felinos.

El discurso de toma de posesión de Daisy fue corto y directo. Habló de la diferencia entre lo natural, lo bueno y lo fácil aplicado a la creación artística. Tailwhisper desconectó un poco del contenido y se entretuvo mirando a su alrededor. Los lobos de la platea llevaban sombreros y gafas, alguno de los gatos incluso lucía zapatos de esos a la última moda, que les impedían correr. Toda esa gente, obviamente, pertenecía a la nobleza o se codeaba con ella; si no eran decentes de corazón, al menos entendían la parte pragmática de no comerte a tus vecinos ni andar meando en las esquinas. Eran personas civilizadas.

Agitó las orejas al darse cuenta de algo. A esa gente tan educada y sensata podía pasarle con la barbarie lo mismo que a ella misma le pasaba con los felinos: al perderla de vista, perdían también la práctica de tratar con ella. La gente culta que no convivía con la ignorancia podía olvidarse muy rápido de sus peligros. ¿Qué podía hacer para acercar a los hocicos de todos esos nobles letrados la barbarie que estaba teniendo lugar?

Al acabar el discurso, cuando el auditorio estalló en la treintena de variedad de aplausos de un evento así y los fotógrafos subieron al escenario para retratar a la nueva duquesa con su condecoración, Tailwhisper agitó los bigotes. Por supuesto. Cómo no se le había ocurrido antes.

Freesalt los había citado en la terraza de lo que Tailwhisper siempre había tomado por un tugurio, pero había resultado ser una taberna con una buena selección de quesos y un dueño humano que hacía varios tipos de curry, incluido el de gambas que estaban compartiendo. Ella estaba segura de tener ya el hocico amarillo y de necesitar una pastilla entera de jabón para limpiarse, pero aquel manjar recién descubierto bien lo valía.

Lynx había comprado todos los periódicos del día. Tras el reportaje que *La voz del mamífero* había hecho del caso Sangre Roja, los rumores corrían por las calles, los canales y los tejados. Sólo faltaba ver qué opinaba el resto de la prensa. *Garras y patas* contenía una carta al director acusando a Tailwhisper de emprender una cruzada racista hacia los cánidos y los felinos; *Libertad Natural* rescataba casos de asesinatos de doble P remontándose hasta tres años atrás.

—Pues menos mal que les hemos dado una versión para todos los públicos —dijo Freesalt, golpeando el plin que había en el centro de la mesa, ya pringoso de tanta pata manchada de curry.

—El conde Frozenclaw ha declarado inaceptable un comportamiento semejante, blablablá —siguió Lynx, que comía poco—. Se ha pedido un homenaje a las víctimas ante el ayuntamiento y una declaración formal de repulsa al consejo de gobierno de la Liga Verde.

—Mira a ver *El Lucero de Londerra* —pidió Tailwhisper.

La ardilla cogió otro periódico. Se quedó mirando la portada, ante la mirada de la ratona y de la gallina. Freesalt lanzó un cacareo para meterle prisa al cabo de unos instantes. Lynx simplemente se las apañó para darle la vuelta al diario y enseñárselo.

La imagen de Tailwhisper en el periódico iba acompañada por un titular: *El rostro de la discordia*. La ratona leyó la noticia en diagonal y tuvo que hacer un esfuerzo supremo para no atusarse los bigotes. *¿Qué bien nos hace conocer estas atrocidades? Los espantosos secretos que han de mantenerse en la oscuridad para asegurar la paz de nuestros hogares y la convivencia entre especies*, decía el periodista. *Los elementos disruptivos que sacuden los cimientos de nuestra sociedad deberían reflexionar sobre sus actos.*

—La que has liado.

Tailwhisper levantó la cabeza. Lynx había escapado sin cicatrices, pero la oscuridad no iba a irse nunca de su mirada. La ardilla había visto lo mismo que ella. No tenía que imaginárselo.

—Y la que me queda por liar —masculló.

SOBRE LA AUTORA

M.C. Arellano nació en Toledo en 1984. Licenciada en Historia del arte, escribe fantasía para todas las edades. Ha trabajado en derroteros relacionados con la localización de videojuegos y vivido en varios países anglosajones. Su superpoder es quedar finalista en concursos y su empeño es escribir lo que le gustaría leer.

www.mcarellano.com